COLECCIÓN NUEVA BIBLIOTECA
Nada es crucial

Pablo Gutiérrez
Nada es crucial

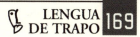

Diseño de colección: Departamento de Diseño LdT
Ilustración de cubierta: Leandro Escobar y LdT

1ª edición: septiembre de 2010
2ª edición: diciembre de 2010
3ª edición: septiembre de 2011

© del texto: Pablo Gutiérrez, 2010
© LENGUA DE TRAPO SL, 2010
Marqués de Valdeiglesias 5, 5.º izqda.
28004 Madrid
Teléfono: 915210813
www.lenguadetrapo.com
Correo electrónico: info@lenguadetrapo.com
Reservados todos los derechos
ISBN: 978-84-8381-083-5
Depósito legal: M- 37863-2010
Imprime: Kadmos
Impreso en España

Cualquier forma de reproducción, distribución, comunicación pública o transformación de esta obra solo puede ser realizada con la autorización de sus titulares, salvo excepción prevista por la ley. Diríjase a CEDRO (Centro Español de Derechos Reprográficos, www.cedro.org) si necesita fotocopiar o escanear algún fragmento de esta obra.

Nadie me verá del todo
ni es nadie como lo miro.

Miguel HERNÁNDEZ

CADA COSA EN SU SITIO: la mesa bien ordenada, el cuaderno y el bolígrafo, el bramido del mundo en los márgenes de este rectángulo con su aburrida repetición de atracción de feria. Es verano, la vieja abre las ventanas y la siemprencendida atruena en el patio de luces. Toda esa angustia de su pequeña casa —las horas largas, el teléfono mudo, el pelo sucio— se filtra y rezuma, calcifica dentro de mí, se agrega a la lista de filfas y obligaciones que a diario me persiguen y no me dejarán en paz hasta que decida mandarlas al cuerno y convertirme en eremita y cultivar tomates y criar gallinas y prescindir de casi todo como
por ejemplo
el papel higiénico   la espuma de afeitar   la sintaxis

Al rescate acude una imagen capturada en la avenida. Niños, dibujad esto: dos hermosas figurillas acurrucadas en una parada de autobús, los dedos enroscados en los dedos, los ojos enroscados en los ojos. Los suyos (los de él) son botones oscurísimos; los de ella son fugaces como insectos. Sobre su frente (la de él) flota un mechón suspendido como un paracaidista. Los rizos (los de ella) se dejan despeinar por el viento sur. Es guapo el chaval, parece un soldadito de *Hazañas Bélicas:* la llama roja del flequillo, la mandíbula prensada, los ojos sugeridos. La chica sólo es antifaz de rizo, ojeras excavadas, barriga esférica como un planeta, tensa como un tambor. Calza botas de piel de lobo hasta la rodilla, tiene trazo de dama de cuento, se llama Margarita o Marga o Magui. Él se llama Lecumberri o Antonio o Lecu.

Sentados en un banco de plástico, esperan el autobús radial, se protegen, se aman, habría que estar ciego para no darse cuenta de eso, se aman de un modo extravagante y amplificado: Lecu sostiene la mano de Magui como si fuera un animalito herido, Magui percute suavemente su tam-tam provocando pequeños terremotos sobre la superficie. No pestañean, no dicen una palabra, no dejan que nadie se siente en el banco, ni el anciano que respira exhausto ni la señora que arrastra sus bolsas.

Sopla constante.

Del sur y de las huertas y la depuradora.

Los rizos y la llama roja, la nariz redonda y las mejillas blancas olerán a mierda si el autobús se retrasa, y su amor, tan propicio y dibujado en cuartilla, no servirá de mucho cuando todo lo ensucie ese viento tóxico, la hélice agria que hará que se enrosquen las espirales de ADN dentro de la caja de música de Magui; un viento que sólo se percibe en aquella parada de autobús y que dice a los pájaros de los humedales: debéis emigrar; y a las arañas: debéis ser voraces; y a las abejas: debéis fabricar vuestras colmenas a refugio de mí; y a los humanos: debéis construir silos y graneros; quedan largos meses, meses largos de invierno. No hay metáfora en esto: los pájaros son pájaros, las abejas, abejas, Magui siente que está preñada de pájaros y que un día pondrá un huevo grande y de marfil sobre una almohada, y se pasarán las tardes mirándolo muy fijo, y justo cuando se cansen de vigilarlo se abrirá una ranura con forma de zeta. De la ranura saldrá una uña a la que seguirá un dedo; al dedo, una garra cubierta de plumas y escamas, escamas y plumas como en Mundoantiguo, quiero decir muy-muy antiguo.

Lecu dirá tiene fauces de niña linda.

Magui dirá tiene espolones de niño bueno.

De la mano esperarán los tres, sentados, sentaditos en la parada del radial —se hace tarde y no viene, no viene y se hace tarde—, mientras sus narices siguen llenándose de abono y toxina, sus narices y sus ojos, sus ojos y los alvéolos vacíos de sus dentaduras, sobre todo si atardece y sopla del sur y de la depuradora donde la ciudad desagua el almuerzo. Nadie sabrá que cada infortunio de Mundofeo lo produce ese viento vivo (las grandes desventuras y las tragedias pequeñitas, a diario), viento caliente como sopa hervida que transporta ondas hertzianas y plomo y mercurio y desuello de motor y voces humanoides y una porción de materias raras, del sur constante.

Del sur y de las huertas donde madura la fruta injertada y la avaricia del agricultor que bombea sulfato sobre las briznas del primer brote. Sentados, sentaditos en la parada del radial, hermosos y mutantes como personajes de cómic, Magui y Lecu aguardan a que el tiempo termine sin hacerse preguntas ridículas como de qué vivir, qué hacer cuando lleguen adónde.

Magui y Lecu: mis dos heliotropos sulfatados, florecillas resecas entre las páginas de un libro de poemas vaporosos, *Soy un caso perdido, Contra los puentes levadizos,* tan vivos sobre el vértice, *Los formales y el frío.* Observo su silueta bicéfala y me relamo: el ángulo masculino de la barbilla de Lecu, la curva frutal de la barriga de Magui, el delicado contacto de los dedos en los dedos, de los ojos insectívoros (los de él) en los ojos capturados (los de ella). Imagino el agujero en el que habitan, las sábanas ligeras que los cubren, la luz del amanecer que hormiguea en sus ojos cuando Lecu posa su voz decolorada, buenos días, sobre el hombro de Magui. Vivo a través de ellos con rencor de roca, construyendo los días plácidos, las horas felices que a mí me fueron negadas, aunque exista *un pasado con sus súbitas rosas,* un bloc de dibujo, lápices, simulacros que me sirven de alivio.

Sueño todas estas cosas sumergido como náufrago entre las ondulaciones de la siemprencendida. El lomo del sofá es mi incubadora, me guarece; el sofá es la vaina que habito, la siemprencendida es la lámpara que me abriga, la ventana es el cristal helado, el punto de fuga hacia el que los ojos se proyectan aunque apriete las sienes para mantenerlos dentro de las veinte pulgadas, se pierden. A través de ella percibo el pálpito del mundo, su latido viscoso, la cuerda de vidas sostenidas por el dolor y el miedo, mundo feo y hostil como erizo, mundo atestado de horribles historias cotidianas, simas submarinas ocasionalmente atravesadas por seres luminosos.

Seres como Magui y Lecu, mis heliotropos cautivos entre *Contraofensiva* y *A la izquierda del roble.* Magui y Lecu: dos bichos muy raros que guardo en un estuche transparente (no les deis de comer después de la medianoche). A veces soplo flojito sobre ellos y dibujo nubes grises y abejas amarillas a su alrededor, y otras veces sólo los miro desde la ventana cuando fingen que no son dos heliotropos míos ni dos figurillas de plastilina sino seres completos y reales que esperan el autobús en este andurrial de Mundofeo donde me estabulo.

En su sitio cada cosa, como en una postal de vacaciones: el mar quietecito en el lugar del mar, contenido en su cuenca como ojo de gigante; la roca fija en el lugar de la roca. Cuando yo era chico, la playa estaba enmoquetada de almejas, trillones de almejas toscas y secas que te pinchaban los pies como púas o arrecife. Mamá las sacaba con unas pinzas, te curaba la herida con agua oxigenada, no andes descalzo, ¿cómo fueron a parar allí, qué civilización de moluscos las habitaba, de qué edad geológica, de qué Atlántida escaparon? Caminabas sobre ellas y crujían como nueces, los dioses debieron de sentir algo parecido. Si tomabas un puñado de arena y lo observabas de cerca, veías que todo eran fragmentos, astillas diminutas de almejas amalgamadas como el granito, qué titánica industria que yo-niño no comprendía, que no comprendo. En las mareas de Santiago, a finales de julio, el mar se ponía bravísimo en la playa-cementerio, se desbordaba de la cuenca de ojo de gigante, las olas son enormes y nosotros, muy pequeños, nos lanzamos a lo bruto contra ellas para que sin consideración nos trituren sobre la alfombra de faquir. Al anochecer volvemos a casa como indios a los que un caballo arrastró por el desierto, cenamos rápido, caemos rendidos en la cama con arañazos, picaduras de mosquito, felices.

Ahora en cambio: la fragilidad, el trueno de la siemprencendida, todas las cosas que se ponen en fila empeñadas (reclutadas por quién) en hacerme olvidar a cualquier criatura fabulosa. Mundofeo es desigual y estúpido, *será el castigo más fiero para quien rivalice con Alá en la creación, pues sólo Alá-Único-Dios puede crear vida, y por tanto quien dibuje o esculpa una imagen recibirá el día del juicio el alma de ella, y en el fuego infinito del infierno arderá por cada alma que arrastre, y si creó diez o cien imágenes sufrirá diez o cien veces más que el resto en la llama que arde sin consumirse,* pero hace tanto frío que dejo que mis dos fantoches se desperecen como gatitos, que se estiren, que se esparzan sobre la mesa, que se den esa clase de besos mientras con cinta aislante me ajusto a la cintura el explosivo plástico de mis lápices de colores. No habrá ningún paraíso para mí, ninguna docena de hímenes intactos esperándome en las estancias celestiales, sólo queda entretener el pánico antes del estallido de fin de fiesta, por eso cada cosa en su sitio:

Una mesa de roble.

Rotuladores, tarjetas blancas ordenadas como billetes de Monopoly.

Un número, a lápiz, en cada esquina.

En azul escribo los malos recuerdos.

En verde, los deseos de la tarta de cumpleaños.

Rojo para mamá y papá.

Negro para las chicas que pasan a mi lado y no me pertenecen.

Debería ser así. Todo se mezcla en cambio, todo lo invento con un solo bolígrafo y ninguno de mis fotosueños perdura; ninguno salvo mi juguete Magui, salvo mi juguete Lecu.

Lecu. Antonio Lecumberri era un niño mugroso y despistado que nunca traía el babi ni las ceras de colores ni las galletas envueltas en papel de aluminio que los demás parvulitos nunca olvidaban; ni siquiera solía llevar dos zapatos iguales. A veces venía en pijama y zapatillas, y otras veces no aparecía en un mes porque sus padres, el Señor y la Señora Yonqui, no recordaban que esa cosa amarillenta respiraba y comía y hacía caca y pis, y había un colegio donde una maestra bondadosa lo esperaba para limpiarle la cara con una toalla y darle, sin que los demás niños lo supieran, un desayuno muy rico.

Antonio Lecumberri vivía junto al Sr. y la Sra. Yonqui en un descampado donde se levantaba la ruina de una cueva que había sido propiedad de la mamá de la Sra. Yonqui, quien para su bien murió antes de conocer a la porquería de su nieto. Cuando la Sra. Yonqui era pequeña y saludable y hacía un dibujo de su casa, nunca olvidaba los maceteros y los arriates donde se apretaban las gitanillas, los jazmines muy blancos trepando por la cancela, los arbolitos enanos, el pozo que daba agua de verdad, la higuera que daba higos de verdad y las ventanas y las puertas y los muros que no formaban una cueva derruida sino un cobijo calentito y encalado. Rodeaba la finca una valla de madera que todas las primaveras pintaba de verde el papá de la Sra. Yonqui, que también murió muchos siglos atrás y a quien el Estado entregó esa casita porque al lado iba a pasar una nueva vía del talgo y él sería el encargado de que los cafres de las huertas no robaran los pilotes de acero ni se jugaran los huevos debajo de la catenaria, sólo que, al final, la línea nunca se construyó y la casita se la dieron de igual modo porque, total, el gasto ya se había hecho y eran unos muertos de hambre y al menos su suegro había luchado en el bando adecuado cuando el Gran Etcétera, por eso la escritura siempre estuvo a nombre de ella aunque fuera él quien firmara los recibos por ser el cabeza de familia, entonces se llamaba así al que pegaba más fuerte.

La casita estaba alejada de los barrios. Más bien estaba a tomar por culo de los barrios, como solía decir el abuelo de Lecu, pero los barrios se fueron acercando a las huertas con el tiempo, y cuando el nene nació la casita ya estaba en el centro de Ciudad Mediana y valía una fortuna, aunque de eso no tuvieran noticia ni el Sr. ni la Sra. Yonqui, que eran pésimos financistas y siempre andaban pensando en sus cosas.

Todo esto sucedió en los ochenta, cuando los yonquis dominaban el planeta y vagaban y se apoderaban de los descampados sin que hubiera agencias inmobiliarias ni asistentes sociales que se les opusieran, o al menos no había los suficientes como para ocuparse de que la catarata de críos sucios que las mamás yonquis diseminaban por Mundofeo fueran a sus clases progresivamente menos roñosos, se sentaran adecuadamente en sus sillitas, obedecieran mansamente a sus maestras y se dejaran expulsar dócilmente cuando montaran algún cisco en el patio como, por ejemplo,

        mearle en la cara a un niño más pequeño
        sacudirle fuerte al bedel
    hurgarle el totito a una niña en el lavabo,

algo muy frecuente en los fieros años ochenta, niños, no dejéis que la siemprencendida os convenza de que sólo a vosotros os tocó vivir en una época de agresividad desmedida porque lo cierto es que antes se mordía igual, se pegaba igual, se metían las manos (las dos juntas) donde no se debía y se inventaban castigos cruentos contra traidores y maricas. No son las pelis ni los juegos ultraviolentos lo que os conduce como a zombis a mataros a hostias: si nosotros hubiéramos tenido vuestras formidables videocámaras habríamos grabado las mismas sobas, las mismas leñas mitológicas infligidas a los suavones que tanto asco nos daban. Pero el plasticoso Cine Exin, qué lástima, no servía para eso.

Igual que del musgo o de las lilas del descampado, de Lecumberri no se ocupaba nadie. Ni la Sra. Yonqui ni el Sr. Yonqui ni los asistentes sociales, nadie; y si sobrevivió hasta que pudo valerse fue gracias a aquella maestra bondadosa que algunas veces se lo llevaba a casa, lo bañaba, le compraba ropa y le daba de comer como a una mascota.

Magui, en cambio, tuvo mucha más suerte.

Magui. Magui tuvo mucha más suerte porque no nació en Ciudad Mediana y Hostil, sino en un pueblito de la campiña que se llama Belalcázar.

Básicamente, en Belalcázar hay
                                prados con vacas marrones
                          una bolera que sirve de pensión
un castillo pelado por el viento que peina a las vacas.

Belalcázar es una asadura de pueblo, pero *Belalcázar* es una palabra bella y sonora, de cuento de niño guapo, una palabra hermosa que hace que te olvides de su tonto baluarte de piedra repelada y sus prados llenos de vacas bobas que a vista de pájaro parecerían cacas enormes, las vacas.

Las calles suben dobladas en codos hasta la plaza a la que el baluarte oprime con su sombra lóbrega, y luego bajan tiesas por la colina de las hortechuelas y terminan al rato en los caminos de tierra que llevan al monte, donde sólo se crían las alimañas y la mala hierba.

En la plaza hay una mercería antigua que vende leotardos de punto gordo y medias glaseadas como donuts, dos bares con velador y sillas de cine de verano, una fuente con palomos, un videoclub que alquila porno detrás de una cortinita, una farmacia junto a la parroquia y unos pobres que se turnan las misas.

Flanquean la fuente dos bancos sobre los que de día se mueren de aburrimiento tres viejos y de noche se comen la boca dos niñatos, él canijo y nervioso como un galgo, ella gordezuela como su mami, la del videoclub, siempre son los mismos.

Como la plaza da al norte y no le cae un rayito, allí no se paran ni los gatos, especialmente los gatos no lo hacen, y por mucho que todas las calles del pueblo vayan a dar a ella como una tronera de billar, apenas son los viejos y los niñatos quienes la habitan como templarios que custodiaran qué. De manera que los viejos bien podían jugar a escupirse y los niñatos a romperse la crisma haciendo las cosas que salen en las pelis de la cortinita, que nadie en el pueblo se enteraría de nada, ni siquiera la tontaina de la mercería.

Magui vivía cerca de la plaza, por eso no se besaba en los bancos con nadie, su madre la vería enseguida desde la ventana y la arrastraría de los pelos, al menos escóndete un poco si eres tan cochina, Margarita. Pero no, Magui no era una cochina, Magui era una niña mona y feliz. Sus padres tenían una tienda de conveniencia donde vendían refrescos, embutidos al corte, golosinas y trompos, y no cerraban ni los días de fiesta para poder comprarle a su hijita del alma las mochilas más chulas y las reeboks más lindas, y por eso Magui era mona y feliz y siempre parecía que acababa de salir de la ducha con una goma en el pelo que hacía juego con la etiqueta de sus zapatillas.

Pero pasó el tiempo, niños, y el Tiempo es el corruptor de la felicidad, ya sabéis, de la felicidad de Magui y de la vuestra, seguro que ya habéis sentido algún rasguño de su diente agudo: nada quedará de estos días mágicos y amarillos en los que dejáis que los demás se partan el alma mientras vosotros los contempláis desde una azotea de cal, sopla viento del sur, cálido y constante, la ropa tendida se agita como banderas que huyen en estampida.

Señoras Amables. Tímido y canijo, Lecu creció.

Creció en el descampado como crecían las lilas en el alambre y el musgo en la piedra. Y cuando llevaba diez años creciendo a fuerza de comerse el musgo y las lilas y los sándwiches de la profesora buena, sucedió un verdadero milagro. Escuchad:

El nene Lecu, muy sucio y muy enclenque, se deja quemar las retinas por el sol hasta que puede ver siluetas divertidas en el cine de su cabezota: el nene Lecu tiene una sala de cine en el lóbulo parietal, proyecta lindos ectoplasmas mirando muy fijo al sol, es su entretenimiento favorito. De pronto, dos señoras muy limpias y muy amables sortean el alambre de las lilas con ayuda de un pañuelo que huele a colonia, se mezclan con los fantasmas solares y preguntan cómo te llamas, nene.

Y el nene responde: me llamo Antonio Lecumberri.

¿Y dónde están tus papás, Antonio Lecumberri?, dice la Señora Amable Uno, pronunciando su nombre con una vocecita muy graciosa.

Y el nene no contesta, el nene mira a las señoras igual que mira al sol y agacha los ojos y dos lágrimas gruesas y salobres hacen un surco en la mugre de sus mejillas. Desafiando a las infecciones y a un posible mordisco, la Señora Amable Dos se atreve a acariciarle la cabeza como a un cachorro, no llores, hombrecito, no llores.

Lecu habría encajado cualquier cosa menos que le dijeran no llores. Si le hubieran largado dos bofetadas, no se habría movido de su sitio. Si le hubieran dicho eres un perro mierdoso que sólo merece freírse aquí mismo, no habría hecho un gesto. Pero le dijeron no llores y, al oírlo, el nene Lecu tan sucio y enclenque no pudo contenerse.

Los ectoplasmas se desvanecieron.

Al cuerno su proyección privada.

Y comenzó a llorar.

A llorar.

A llorar de veras.

Daba hipidos, moqueaba, aullaba, se revolcaba en la piedra, quería morirse como un lagarto para que lo enterraran debajo de las vinagretas.

Las Señoras Amables le dieron besos en las mejillas sucísimas, dijeron Dios te va a ayudar, hombrecito, Dios te va a ayudar, pero mientras Dios se decide nosotras nos haremos cargo de ti y te daremos de comer y vivirás con otros niños que serán tus amigos y andarás siempre limpio y bien vestido, y siguieron diciendo cosas lindas con voces muy suaves hasta que Lecu se ablandó y se hizo muelle en el regazo de una.

Luego le limpiaron los mocos, le ordenaron el flequillo rojo y se lo llevaron.

Y el nene no volvió nunca más al descampado.

Las Señoras Amables sí que volvieron. Las Señoras Amables volvieron y levantaron la alambrada con ayuda del pañuelo que olía a colonia, y junto a ellas venía un señor muy alto y muy locuaz, y caminaban los tres por el descampado y husmeaban en la cueva y se tapaban la nariz, y todo esto lo hicieron muchas veces hasta que un día coincidieron allí con el Sr. y la Sra. Yonqui, y cuando el Sr. Yonqui ya estaba cogiendo piedras para espantar a los intrusos sucedió el segundo milagro verdadero, niños, escuchad: el Señor Alto y Locuaz comenzó a hablarles de una manera muy rara, mágicamente al Sr. Yonqui se le pasaron las ganas de tirarle piedras, a la Sra. Yonqui repentinamente dejó de apetecerle zarandear a nadie, y ambos, seducidos por aquella voz firme y tenue que patinaba como un trineo sobre sus mentes yonquis, se dejaron convencer y se marcharon del descampado muy felices. A instancias del Sr. Alto y Locuaz, la cueva fue demolida, el alambre, cortado, las lilas y las vinagretas, sulfatadas, y la propiedad, vendida a una promotora a un precio, también, milagroso.

Y así, el Sr. Yonqui, la Sra. Yonqui y el nene Antonio Lecumberri, flamantes hijos pródigos de la Comunidad de Neocristianos de Ciudad Mediana, comenzaron a elevar plegarias a un dios al que no conocían de nada, y los diez años que le tocaba cumplir al nene Lecu se convirtieron en Año Cero de la nueva vida de Antonio Lecumberri, Año Cero de la vida recién estrenada del Chico-Musgo, hasta los periódicos contaron el suceso con palabras parecidas; quiero decir, con esas palabras bellas con las que los periódicos cuentan cada cosa fantástica que ocurre en Mundofeo.

El décimo cumpleaños de Magui no fue tan feliz, pero sí igual de notorio.

La habitación de la bolera. Como un recluso, Magui había ido anotado en el cuaderno de Matemáticas los días que faltaban para su fiesta de cumpleaños. *Diez,* decenas y unidades, la primera decena de su vida: invitaría a todas las compañeritas de clase para celebrarlo, saltarían de alegría, se sentarían en corro, se darían abrazos pringosos como las chicas de las teleseries, la siemprencendida no deja de dar instrucciones. Pero lo cierto es que el décimo cumpleaños de Magui estuvo lejos de ser un feliz-feliz cumpleaños.

Magui era muy madura y responsable para su edad, según se dice en el colegio de los niños dóciles que no vacían sus bolígrafos para usarlos como cerbatanas. En este caso era cierto: Magui era madura y responsable, aunque no demasiado inteligente, y el hervor que le faltaba lo suplía con calmosa perseverancia y extenso surtido de gomitas para el pelo. En su cuaderno había apuntado el nombre de las invitadas, condecoradas con diferentes estrellas según el grado de afecto que se merecían. Llamarían a la puerta con buenos modales, mamá las llevaría al salón y repartiría vasos de plástico, sonreirían y darían un saltito al ver a Magui, hablarían de pegatinas, de música, de camisetas de marca, de los profes más aburridos y, al final, todas le darían un regalo con lazo y un beso en la mejilla. Pero no. En lugar de eso, aquellas bestezuelas saqueadoras entraron en la sala al galope, se atiborraron de ganchitos, dactilografiaron los cristales, ninguna trajo regalo ni lazo, y Magui se sintió muy-muy decepcionada en lugar de muy-muy feliz, y pensó hoy es el día más horrible de mi vida, incluso cuando no sabía que *realmente* sería el día más horrible de su vida, como decían las chicas de las teleseries llorando contra sus almohadas.

Porque cuando las amiguitas cimmerias de Magui se marcharon, su mamá, en lugar de pasarle la mano por el pelo y decirle alguna frase tierna de consuelo, comenzó a temblar con una llantina lenta mientras recogía los vasos vacíos y las esquilmadas bandejas, y luego arrancó a llorar y a llorar con furia, y sin contenerse arrojó los platos al suelo, pateó una silla, soltó mil barbaridades y blasfemias y guarradas demasiado gordas para que las escuchara una niña de diez años, eh, eh, ¿qué está pasando aquí?, esto no ocurre por culpa de unas huellas de ganchitos en la ventana, no.

Bien adiestrada por los minidramas de la siemprencendida, la pequeña Magui asumió de un soplo la edad tan adulta e importante que acababa de cumplir y, en medio de la galerna, se olvidó de su angustia y le sujetó las manos, le habló suave como en el cine para que se calmara, hizo que se sentara y que bebiera un poco de agua, mami, qué te pasa.

La mamá contestó no me pasa nada, cosas mías, pero no, aquello no era cosa suya, aquello era cosa de las dos y de su papá y de medio pueblo que ya sabía y contaba y repetía que el papá de Magui, niños, el papá de Magui había pasado la noche en una habitación de la bolera con
oh, Dios
un muchachito
y decían que se iba a fugar con él y que no volvería al

pueblo, al pueblucho de las vacas bobas, el tonto baluarte de piedra repelada y el videoclub desabrido.

Neocristianos. Si nunca habéis visto uno de cerca, niños, tal vez penséis que los neocristianos son como los demás católicos, un poco más chiflados quizá, pero parecidos en el fondo a la vieja turba piadosa de siempre. Os equivocáis. Los neocristianos *no son como los demás cristianos,* se esfuerzan por ser distintos, exhiben su condición con orgullo verdadero y sincera satisfacción, no le temen al infierno, no desean sufrir, no usan cirios ni capas oscuras ninguna semana del año, y tampoco gastan demasiados pensamientos tenebrosos. Aman las doctrinas sencillas (esto sí, esto no), las palabras simples y las ceremonias musicales, huyen de las complicaciones, persiguen la felicidad en el mundo sensible y quieren estar siempre juntos, cantar y bailar juntos, vivir con entusiasmo y tener muchos hijos, muchos. Porque las parejas de neocristianos son folladores de élite consagrados a producir nuevas criaturas a las que bautizar por inmersión. Aunque tengan agujetas, aunque les raspe y esté seco ahí abajo, el Mensaje los obliga a reventarse follando bajo el amparo de Dios para engrosar las filas de sus servidores: duplicarse, centuplicarse, multiplicarse es la consigna. Una pequeña comunidad de veinte neocristianos sumará cuarenta miembros a los dos años, ochenta a los cinco, ciento veinte a los diez, trescientos cincuenta a los treinta años. Es lo correcto, la aritmética de Dios, el crecimiento exponencial, la matemática ginecológica, la derivación de embriones hasta el infinito.

Dos neocristianos fértiles unidos en matrimonio son un comando cargado de metralla en forma de óvulos y espermatozoides. Cada domingo, el pastor se encarga de activar sus espoletas, revisar el estado de sus conciencias y recordarles que los bichitos que transportan en sus ovarios y escrotos han nacido para unirse, fueron creados para unirse, Dios los diseñó concienzudamente con ese propósito y los humanos son una mingurria que no puede contravenir los diseños celestiales, Dios quiere zigotos, ¡Dios quiere zigotos!, Dios construye con zigotos humanos un hermoso mosaico para que lo contemple Quién.

La muerte no les asusta. Según la doctrina, tampoco a los católicos de vieja escuela tendría que birlarles el sueño, deberían aguardarla con alborozo si conduce tan derechita al regazo de Dios, pero quién se traga ese bizcocho: los cristianos viejos se mueren de miedo igual que el montante sin cristianar, se amarran las manos al rosario para no arrancarse las pestañas que la quimioterapia les dejó vivas, a los cristianos viejos los atan con ligaduras de cuero a las barandas de las camas del hospital para que no ahoguen al cura en su casulla ni agoten la última partida puteando como Dámaso *el dedo de mi Dios me ha señalado: odre de putrefacción quiso que fuera mi cuerpo, y una ramera de solicitaciones mi alma,* recuerdo a mi madrina, mi anciana madrina que olía a orina y a encierro diciendo yo no me quiero morir, yo no me quiero morir y su cuerpo ya era una llaga y su llanto de niña chica rebotaba en el patio y los vecinos temblaban en sus casas *una loba del arrabal, acoceada por los trajinantes, que ya ha olvidado las palabras de amor,* yo no me quiero morir, no me quiero morir *y sólo puede pedir unas monedas de cobre en la cantonada* porque el mundo sin mí seguirá lento e idiota su curso endeble *soy la piltrafa que el tablejero arroja al perro del mendigo,* qué pésimo timonel lo comanda *y el perro del mendigo arroja al muladar,* la quilla enfila los escollos puntiagudos, *fluyendo como la leche de la ubre caliente de una gran vaca amarilla* deshabitados de sirenas.

Desde la mina de las maldades, los prototipos neocristianos festejan la muerte a conciencia porque la muerte ha sido vencida por el buen Jesús *desde el pozo de la miseria,* es el boleto de entrada al salón de juegos de Jesús, ah, y sin embargo esa antigua Muerte con la cuchilla al hombro aún deambula por el mundo confundiendo al hombre inconfeso, *mi corazón se ha levantado hasta mi Dios,* contra mi Dios *y le ha dicho: Oh, Señor, tú que has hecho también la podredumbre, mírame,* y su aguijón se llama Pecado, y ése sí que es un ogro que asusta a los cristianos nuevos, el sacamantecas que les hace temblar de miedo debajo de las sábanas, *yo soy el orujo exprimido en el año de la mala cosecha.* Tan vitalistas y entusiastas son, tan expansivos y apasionados que en lugar de alejarse del Ogro Pecaminoso continuamente lo circundan y acarician y en el instante último casi siempre lo esquivan, *yo soy el excremento del can sarnoso,* porque los cristianos nuevos salen de noche, beben alcohol, se besan en la boca, se abrazan, se sientan en la hierba, fuman un pitillo; es decir, se comportan como si tuvieran verdaderas ganas de vivir la existencia sensible, *el zapato sin suela en el carnero del camposanto,* como si la vida sensible no fuera tránsito ni examen de conducta sino patio de recreo, *soy el montoncito de estiércol a medio hacer,* un entremés antes de que comience el gran espectáculo del ilusionista Monsieur Dieu, que maneja con hilos fabulosos las constelaciones infinitas, los planetas remotos y las vidas chiquiturrias de los humanoides que los habitan, *donde casi ni escarban las gallinas.* Toda esa olla podrida y sentimental es lo que hace que los neocristianos sean tan distintos de los oscuros, viejos y temerosos cristianos de siempre, los de colegio, parroquia y domingo, esos que cuando se mueren tienen el miedo excavado en la cara, reflejado en las mamparas de la UVI.

Pero no me hagáis mucho caso, niños, porque ya sabéis que los narradores suelen tener muchas manías, cuentan las cosas a su manera como si fuera el único modo, se divierten saliéndose de madre con digresiones que a nadie interesan, dejan la mesa alborotada y llena de migas, nunca recogen los platos, son fastidiosos, con peligrosa tendencia al didactismo y a colgar su infortunio de los hombros de los demás. Si acaso veis que éste vuelve a perderse en páramos impropios, sólo tenéis que saltar hasta la próxima negrita como en aquellos libros de multiaventuras que mamá os compraba en las casetas de la feria, *Si decides entrar en la herrería, pasa a la página 64. Si prefieres esperar en las caballerizas, salta a la 73.*

La Sra. Amable Uno no sabe qué pensar. La Sra. Amable Uno, devota neocristiana de altura con complejo de infertilidad, fue la encargada de que el Chico-Musgo se metamorfoseara en un niño guapote y bien alimentado que vivía apaciblemente en un hogar donde todos acostumbraban a utilizar el váter, la cuchara, las sábanas y —oh— el jabón. Es decir, la Sra. Amable Uno se convirtió en su mamá provisional, y en el mismo golpe de suerte el nene Lecu recibió un papá interino que protegía con celo a sus tres —sólo tres, y cada domingo se avergüenza de ello, Señor, bien que lo intento, juro que cada noche lo intento— su tres hijitos reales: el Mayorcito, el Mediano y el Pequeñajo, que recibieron la encomienda de ser los hermanitos de pega del Chico-Musgo. La noche en la que se posó ante ellos como un gato extraviado, todos se hallaban sentaditos delante del televisor con la bandeja de la cena sobre las rodillas pero, cuando vieron entrar a esa cosa harapienta y perruna, no tuvieron ningún apuro en olvidar sus salchichas y su tortilla francesa y besarlo, abrazarlo y llevarlo de la mano al cuarto de juegos donde guardaban el Ibertrén, los puzles, el fuerte de Comanci, una biblia ilustrada y un dibujo afeminado del Corazón de Jesús.

Los primeros días fueron suaves y sosegados, con la excepción de
las indigestiones volcánicas del nene Lecu,
las ronchas feísimas que le provocaba el jabón,
el brazo partido del Mediano, el diente roto del Mayorcito, el labio rajado del Pequeñajo, con quien el nene peleó hasta la victoria por una oreja de Mr. Potato.

La tercera vez que el papá interino tuvo que llevar en volandas a uno de los hijitos reales al ambulatorio, la Sra. Amable Uno se preguntó si algo no marchaba bien en casa, y así se lo dijo a su marido, y los dos se sentaron en la cocina con la puerta encajada y hablaron en reposo como un buen matrimonio neocristiano que comparte sus desazones. La conversación, principalmente, fue así:

El Sr. Un Poco Menos Amable sostuvo que Lecumberri era una sabandija de la peor ralea que no merecía la compasión del mismísimo Redentor.

La Sra. Amable Uno trató de hacerle comprender los indecibles padecimientos que la criaturita había soportado durante su infancia, por Dios, mira las ronchas de sus manitas.

El Sr. Cada Vez Menos Amable preguntó que si por ese motivo tenía que aguantar que ese renacuajo-parásito-gusano machacara a sus hijos hasta que se le aflojaran los traumas.

La Sra. Persistentemente Amable Uno dijo que el nene era una vasija rota en la que el agua más pura se derramaba, y que si el buen Jesús lo puso en mi camino yo no puedo desprenderme de él y devolverlo a la charca, compréndelo.

Devolverlo a la charca no sé, pero al menos déjame que le dé un guantazo de vez en cuando, pidió el Sr. Nada Amable, sabiendo que la suya era una mujer de ideas fijas. No en vano, aunque no lo confesara a nadie y ni siquiera se atreviera a convertirlo en un párrafo en su cabeza, el Sr. En Absoluto Amable pensaba que lo mejor que puede pasarle a un niño yonqui es que se muera pronto. Morirse de asco o de hambre o de descuido, eso no importa, pero morirse y dejar de estorbar en las colas de la Seguridad Social con sus ataques de pánico y sus débiles riñones hipoplásicos. Un niño yonqui, quiero decir, un niño que nace de un útero adobado en pasta base, siempre será una molestia, un obstáculo en el fluido cotidiano de trabajo-insomnio-trabajo. Puede parecer que no muerde casi, que su cuerpecito quedó limpio del chute gigantesco absorbido en la placenta, que las normas morales aplastaron su hiperactividad, puede. Pero antes o después el insecto oculto en la carótida despertará del letargo. Primero estirará un garfio. Luego hará crujir las mandíbulas, desnudará el aguijón escondido, comenzará a trepar por el cuello y asomará por la nariz. Y se posará sobre el hombro de su inquilino. Y dirá, por ejemplo, necesitamos algo afilado, muy, muy afilado. Por eso lo que debe hacer un niño yonqui es morirse pronto, morirse en el parto, en la incubadora, en los brazos de la matrona que trata de calmar los espasmos del síndrome de abstinencia, pronto.

El Sr. Atormentado echaba de menos una cerveza y miraba tristemente las aceras mojadas desde la ventana. Llovía a cántaros en Ciudad Mediana, su esposa iba a llegar a la parroquia hecha una sopa, qué pereza sacar el coche del garaje.

Ewoks. El día, en cambio, era de otoño templado en Belalcázar. En los bancos de la plaza de abajo tomaban el sol algunos gatos panzurrones. En los de la plaza de arriba no había sol ni había nadie, si Nadie era el sobrenombre de la pequeña Magui. No, al contrario. Magui no era Nadie: Magui ya era la Niña del Marica.

A cuestas con sus diez años y un día y con la figura de su mamá reventándose las uñas a bocados, la Niña del Marica se sienta en el banco sombrío y observa a los pichones yendo y viniendo de la fuente a la cornisa para beber como hombrecitos. En las manos aprieta una baraja de cartas de los ewoks, la despliega sobre la trenza de hierro del banco y piensa: qué peludos son y qué bonitas las ciudades que construyen en los árboles, seguro que dentro de esas casas hace mucho frío y todos duermen muy apretados para entrar en calor, los centinelas sueltan vaho por la boca y patean el suelo y se quejan de que les toque hacer guardia y desfallecen y se quedan dormidos al resguardo del viento del norte y entonces un ejército de corazas y fusiles y robots aprovecha el descuido y comienza una batalla que acaba muy pronto porque los ewoks mueren cocinados dentro de sus casas, tan bonitas, y todo es culpa del centinela ewok que se quedó dormido, y ese ewok es el único superviviente y escapa hacia lo más oscuro del bosque y no deja de correr hasta que ya no oye los disparos ni ve el humo ni huele a pelo quemado, y se sienta en una piedra a descansar y se alegra de estar vivo y sonríe porque aún no sabe que sólo volverá a ver un ewok cuando se incline en el arroyo a beber, sediento, antes de continuar la fuga. Luego Magui recoge sus cartas, las guarda en el bolsillo marsupial de su peto vaquero y sube a casa pensando que ya es la hora de comer, pero en la escalera no hay aroma de sopa ni de carne en salsa, y en la cocina no hay ningún fuego encendido sino los mismos platos de ayer en el mismo sitio, y las ventanas cerradas y las cortinas corridas, y mamá sigue en el dormitorio, acostada y sin uñas, con los ojos muy abiertos mirando una cosa que Magui no sabe qué es y que debe de estar colgada del techo.

Condicionamiento. El martirologio continuó durante algunas semanas. La furia con la que el nene Lecu arremetía contra sus hermanitos de pega era insensata. *Causa y consecuencia,* una ecuación demasiado complicada para el Chico-Musgo, que sinceramente no quiso reventar la cabeza del Mediano contra el bidé porque no entendía que, al hacerlo, el Mediano sangraría de ese modo tan escandaloso, y por eso se llevó un susto de muerte, se escondió debajo de la cama, se le borró la sonrisa de retrasado y se llevó toda la noche lamiéndose las ronchas. La facilidad con la que la sangre brotaba de las epidermis ajenas le espantaba; *ajenas,* dije, porque de la suya, endurecida por el sol y la mugre, no había modo de que saliera una gota, por mucho que el Mayorcito se aplicara en ensartarle imperdibles y grapas, este hijoputa no es humano, si hasta las moscas sangran cuando las espachurras. Cuando los tres se dieron cuenta de eso descubrieron un arma muy eficaz para repeler sus envites: la autolesión, y por eso siempre llevaban un cúter encima, y si se les acercaba con esos ojos, se rajaban la yema del pulgar, bastaba una pequeña gota para que el agresor corriera al refugio de las cuatro patas de su cama, será gallina, allí temblaba y maullaba y se negaba a salir hasta que la Sra. Amable Uno conseguía convencerlo con nutritivas promesas, besos y caricias.

A fuerza de borrarse las huellas dactilares, los tres hermanitos neocristianos condicionaron al Chico-Musgo como a un hámster y consiguieron que dejara de morder y golpear contra nada. Fue la primera enseñanza de Lecumberri como cristiano de base: si pegas, te duele a ti.

Nunca nadie dijo. Nunca nadie le dijo: ja, tu padre vive en la ciudad con un chaperito que le tanga dinero, ja. No. Tampoco hubo comadreo ni persecuciones escolares ni nada de ese folklore. Las amigas de Magui eran sanotas y obedientes, sus mamás les habían dicho tenéis que cuidar de Margarita, en su casa las cosas no están bien, no la dejéis sola mucho rato, pero si es ella la que se va a esa plaza donde hace tanto frío en vez de venirse abajo con nosotras, es ella la que ya no quiere jugar a nada.

> [Aquí la cámara hará un picado desde la cornisa de los pichones hasta el banco de hierro donde Magui ordena una baraja de *Ulises 21,* plano detalle de eso.]

Cierto: Magui no quería jugar a nada. Magui quería: que mamá respirara normal, hablara normal, comiera normal y caminara y se diera una ducha y se lavara el pelo y se pusiera ropa bonita y se sentaran juntas en la azotea a ver cómo los cernícalos revolotean sobre la pajarera de la vecina para comerse los colorines.

También quería que su papá regresara pronto pero en eso no pensaba nunca, sólo pensaba en mamá y en la tienda cerrada y en la comida que se estaba echando a perder en la nevera y en el hambre y en los atracones de magdalenas con los que la combatía.

La Solución Final. Pero hasta los ratones de laboratorio acaban habituándose al laberinto de metacrilato que conduce a la galletita, aunque finjan ansiedad y palpitaciones para no decepcionar a sus observadores. Pasaron los días, las enzimas de Lecu aprendieron a deglutir alimentos humanos, se sentía tan fuerte y feliz que le regresaron la sonrisa de retrasado, la ferocidad y el ansia, y a conciencia volvió a morder y a endiablarse contra sus hermanos de pega, un espíritu forjado en las lilas del alambre tumbará cualquier adiestramiento, nada puede con el victorioso Lecu, nada.

Hasta el día de la Solución Final.

El día de la Solución Final, Lecu se había ensañado sin medida con el pequeño, aprovechando que el Sr. Un Poco Menos Amable no estaba en casa y que la Sra. Amable Uno se entretenía en una larguísima conversación telefónica. La víctima quedó hecha una arruga en el suelo, con una capa de vómito cerrándole la boca, los ojos vueltos y la piel sin color. Al oír la gresca, los mayores corrieron a la habitación y mientras el Mediano trataba

de deshacer el guiñapo que su hermano formaba en el suelo, el Mayorcito estuvo a punto de atrapar de un manotazo a Lecu, que se escurrió como un pez y ya volaba hacia la sala para sentarse al lado de la Sra. Amable Uno, donde sabía que sería inmune. Y de veras que era inmune allá, porque ninguno se habría planteado chivarse, sabiendo que:
su mamá no les haría ni caso,
el buen Jesús dice que hay que poner la otra mejilla,
chivarse es cosa de mariquitas.

Ahora bien, incluso los espíritus más sumisos y neocristianos tienen un colmo, y el colmo de los suyos fue ver cómo el Pequeñajo quedaba encogido en una esquina del cuarto, respirando muy deprisa como un conejo asustado. Enfurecidos, el Mediano y el Mayorcito confabularon el escarmiento.

El escarmiento.

Esa misma noche, cuando todos durmieran, podrían reptar hasta su cama y sujetarle las manos y los pies y... No, el ruido los despertaría, el dormitorio de papá y mamá está demasiado cerca. Sería mejor justo después de la cena, cuando recogen la cocina y nos mandan a lavarnos los dientes mientras ellos escuchan las noticias en la radio, sí, justo después de la cena es el momento propicio, no será difícil convencerlo para que suba a ver una cosa muy brillante que hemos encontrado en el patio. Como a las urracas y a los cuervos, al nene le entusiasmaban los espejuelos y las cadenitas, tal vez porque el reflejo del metal bruñido le recordaba la ceguera del sol en el descampado, tal vez. Subió el nene con sus tres hermanos de mentira y entró sin sospecha en el cuarto de juegos cuando el Mayorcito ya lo aplastaba contra la puerta cerrada y el Mediano le tapaba la cara con una camiseta para luego ayudar a su hermano a atarle las muñecas con el cable de la lámpara que tenía forma de coche de carreras. Inmovilizado y abatido por la presa, el nene Lecu no podía hacer nada para esquivar las patadas que el Mediano le lanzaba, repetidas tum-tum-tum como en las películas hasta que quedó tumbado sobre una moqueta con dibujos de carreteras, vías de tren, una estación pirenaica y casas con tejado de pizarra. Cuando ya les dolían los pies, los dos miraron al pequeño, venga, dale ahora, hermanito, dale bien fuerte. Pero el Pequeñajo no se movía de su sitio y sólo pensaba en su mamá y en el buen Jesús. No te rajes, dale. Pero el Pequeñajo tenía en la mente la cara redonda de su mamá y el mentón barbudo del buen Jesús, él lo haría contigo si pudiera, hermanito, él ya estaría encima de ti riéndose con esa cara de idiota y hartándote de hostias. Con dudas y con miedo, se acercó hacia el bulto jadeante y lo empujó con su zapatito como quien hace rodar una pelota cuando empieza el partido. No fastidies, hermano, así no, sacúdele bien fuerte. Y soltó una patada floja, como queriendo combinar con un centrocampista próximo, más fuerte, joder, y golpeó como quien mete un pase al hueco, fuerte-fuerte, y sacudió como si pescara un balón en el área y rematara de volea, dale bien, y luego como si llegara de una zancada desde la banda, sacúdele, y finalmente como si fuera el portero del equipo que pierde y quisiera alcanzar la portería rival.

Después de eso, los tres pensaron que Lecu había muerto.

Clac, fácilmente. Un buen pedazo de queso enmohecía en la nevera y sólo quedaban migas en la bolsa de las magdalenas. Las tripas decían hazlo, hazlo. Muchas veces había visto a su padre limpiando el moho con un cuchillo delgado. Luego partía el resto con otro cuchillo grueso y mágicamente el queso podrido se convertía en triangulitos blancos que hacían una espiral sobre el plato. No podía ser tan difícil.

Magui buscó la tabla de cortar y los dos cuchillos, afianzó el queso sobre la tabla, tomó el cuchillo delgado e hizo el primer corte, extrayendo una lámina verde y azul. Se me da bien, dijo. Ahora tomó el cuchillo grueso, lo apoyó sobre la cuña y demasiado duro, dijo. Probó de nuevo haciendo fuerza sobre el mango con las dos manos y así tampoco, así resbala. Por último, hizo un corte pequeño, clavó la hoja, sujetó con la mano izquierda y apretó con la derecha y, clac, fácilmente se abrieron el queso y el dedo índice por la primera falange. La sangre trazaba círculos sobre la tabla.

Gritó y lloró tanto, tanto, TANTO que lo de menos es que los vecinos llamaran a la puerta, sino que su mamá se levantara de la cama y corriera a la cocina, donde Magui ya se encoge en el suelo, el pequeño manantial regatea en las baldosas y el dedo se dobla como un arbolito tronchado.

Conservaba todos sus pétalos. Estuvo ingresado dos semanas en el hospital infantil. Los sábados, los payasos le traían globos con forma de animales. Los domingos después de misa, el Sr. Alto y Locuaz se sentaba a su lado, le daba la mano y chasqueaba la lengua. Afortunadamente, el médico era un neocristiano leal que no levantó el teléfono de su despacho para hacer sonar el de los exiguos servicios sociales, que probablemente nadie habría descolgado, por otra parte.

La Sra. Amable Uno fue severamente reprimida por el Sr. Alto y Locuaz, quien decidió que la Sra. Amable Dos se encargaría del niño a partir de ahora. La Sra. Amable Dos vivía sola en un piso viejo y estrecho que siempre olía al puchero que cocinaba la vecina de enfrente. Ella no cocinaba. La televisión atronaba en la sala porque los muros eran de corteza de árbol y la vecina nunca la apagaba. Ella no tenía televisión. En el baño había un pequeño plato de ducha ocupado por un tendedero y un cubo, y en el lavabo, una pastilla de jabón con forma de margarita pegada a la loza. La margarita conservaba todos sus pétalos, y eso hizo muy feliz al nene Lecu.

Te va a doler un poco. Te va a doler un poco, dijo el practicante amuermado mientras ensartaba la aguja, es mejor que no mires, mientras quemaba el filo con una cerilla, no te muevas, mientras se ajustaba las gafas. Magui metió la nariz en el pecho de mamá; o mejor, el pecho de mamá absorbió su nariz. Mamá la abrazaba muy fuerte y le besaba el pelo y le decía ya-ya-ya; Magui inhalaba el olor ácido de su piel, de la piel y de la sábana y del camisón pegado y, justo antes de que el practicante ensayara el primer pespunte con mala mano, pensaba: soy una niña de dibujo japonés, tengo dos ojos enooormes y azules y las lágrimas salen propulsadas y pueden regar un campo de fútbol, en las cartas de los ewoks leo mi futuro, mi futuro es verde y gris, el profeta ewok dice que viviré encerrada como una monja hasta que una guerra estalle y la radiación arrase todos los conventos y se me caiga el pelo a mechones y me convierta en una peregrina calva a la que todo el mundo quiere porque doy mucha pena y sigo un camino de tierra, paro en cada aldea, me echan algo de comer, duermo en el suelo y al amanecer sigo el camino de tierra, paro en cada pueblo, a veces no me echan de comer ni me dejan dormir en el suelo. Todo esto contempla Magui en el visor de su cabecita, ese visor que tiene justo encima de los ojos, como los que se venden en las tiendas de recuerdos con diapositivas de la Alhambra pero en este caso con fotografías de papá y mamá muy enamorados, y también de Ulises 21, de su escudo de luz, de Telémaco y de los tritones azules.

Después de eso se pegaron como lapas. La mamá echó a la basura el camisón y cocinó cosas muy ricas. Dormían juntas, Magui se sentaba en el váter mientras ella se lavaba y algunas veces, de noche, volvía a meter la nariz en su pecho aunque ya nadie la asustara como un sádico diciéndole te va a doler, mucho, muchísimo, el hueco de los pechos blanduzcos de mami es el lugar más apacible de Mundofeo, el más seguro y calentito: los pechos gordos de mami, meter su nariz en medio y aplastarla, las mejillas frías y la piel tibia.

Sra. Amable Dos. Parece mentira, en una familia cristiana como la vuestra, tan involucrados en la comunidad, tan devotos, esos niños tuyos son unos salvajes, unos bárbaros, los educaste como a paganos consentidos y ahora, ¿ves?, ahora los has perdido para siempre, el sendero que conduce a la casa de Jesús es estrecho y pedregoso y está plagado de acechanzas del Maligno, rezaré por ti y por tus criaturas porque tu carga es pesada, muy pesada, y aunque yo quisiera aliviarla no podría ayudarte ni tenerte cerca ni confiarte ninguna cosa, Dios pide que expurgues tu casa, que apacientes a esos diablos, esos pequeños matones tuyos, esos demonios, no quiero que vuelvan a aparecer por aquí, no quiero volver a verlos hasta que se conviertan en hombres decentes y vengan con sus esposas y sus hijos, la misericordia de Dios es infinita pero la mía no lo es, rezaré por vosotros, rezaré por todos vosotros.

En la sala de espera del hospital, la Sra. Amable Dos ya aguarda su turno y se siente culpable por el cosquilleo de felicidad que recorre su espina dorsal al saber que la Sra. Amable Uno, tan virtuosa, ha defraudado al Sr. Alto y Locuaz, cómo puedes alegrarte de algo así, cómo puedes ser tan ruin, tan soberbia, tienes el espíritu manchado, tienes el espíritu cagado de palomas, pringado de orín de gato, tu espíritu es *montoncito de estiércol, orujo exprimido, piltrafa de perro de mendigo, leche de ubre caliente* y amarilla. Para la Sra. Amable Dos, los espíritus son cosas tan reales como el buzón de correos vacío o el pan pasado de la despensa; y no me refiero sólo a los espíritus de los difuntos, que por supuesto danzaban y conversaban y sufrían y reían lo mismo dentro que fuera de la caja, sino también a los espíritus de los vivos, porque los espíritus de los vivos existen con palpitante realidad, a veces insertados en el envoltorio de sus cuerpos y otras veces realizando incursiones en el exterior como niños exploradores, más allá de sus carcasas de piel, husmeando en Mundofeo cuando sus cuerpos duermen, ellos hablan conmigo y yo soy muy amable con ellos, nada que ver con los contenedores humanos, con su manía de alimentarse y defecar y correrse y moquear y beber hasta caer tieso, las almas contenidas son algo mucho más hermoso.

La Sra. Amable Dos aprendió todo ese mejunje de nueva era céltica cuando apenas era una niñata que estudiaba en el instituto y su profesor de Filosofía se demoraba dibujando en la pizarra la convención de la caverna y los prisioneros. Nunca entendió muy bien esa murga pero con el tiempo descubrió que era capaz de ver las almas de los vivos y de los muertos; que veía, por ejemplo, el espíritu azul del Sr. Alto y Locuaz, el espíritu ambarino de la Sra. Amable Uno, el atormentado espíritu blanco del nene Lecu, comprimido en su cuerpecito machacado. Detrás de la costra, los arañazos y las magulladuras, habitaba un alma escurridiza que hizo sonreír a la Sra. Amable Dos. Se dio pellizcos, se dijo es horrible que sientas eso en medio de tanta soledad y tanto dolor, el dolor y la soledad de este chiquillo sin nadie, se dijo, sin nadie.

La expansión neocristiana. Quisiera introducir lo que sigue con sintonías de programas de televisión como *Documentos TV* o algo parecido, que tanta seriedad y agudeza transmiten a cualquier discurso, la percusión trepidante, la tensión de las cuerdas, el silbido de los vientos; pero me siento incapaz de convertir en prosa todos esos mágicos recursos, qué pobreza la mía, de manera que imaginen: *bum-bum, brrum, bum-bum-bum,* y enseguida una voz inflexible que dice:

«Las comunidades neocristianas surgieron a mediados de los ochenta como una respuesta de los sectores conservadores a los aires de reforma que se respiraban tras el estallido de la Teología de la Liberación». [Aquí imágenes de jóvenes con jerséis de pico entrando en tristísimos salones parroquiales.] «Los neocristianos se afincaron en poblaciones periféricas y ambientes de clase media, tomando las parroquias de barrio como punta de lanza de su ofensiva». [Planos de iglesias de ladrillo visto y perfiles de hierro colado.] «Fortalecer el dogma, estimular la participación de los fieles en el día a día de la parroquia, renovar la liturgia y proponer nuevas formas de vida comunitaria: sobre estos principios se asentó en sus orígenes el movimiento. Los fundadores tomaron las narraciones de los Hechos de los Apóstoles como fuente de inspiración». [Declaraciones de un teólogo con gafas como lupas, cráneo pelado; forillo de libros pesadísimos detrás.] «Los Hechos de los Apóstoles cuentan la instauración de la Iglesia y la propagación del cristianismo, y describen cómo vivían los primeros cristianos, que curiosamente hoy podrían recordarnos en algunos aspectos a aquellos jipis de los años sesenta y setenta que no creían en la propiedad privada».

[Ahora el testimonio de un neocristiano sereno y convencido, con una chispa extraña en los ojos.] «Yo viví en comunidad durante siete años, desde los dieciocho hasta los veinticinco. Fueron años felices, realmente creía que aquélla era la única manera de tomar la palabra de Jesús en serio. En la casa lo compartíamos todo, y si era preciso renunciábamos a nuestra familia y a nuestros amigos cuando suponían un lastre en el camino hacia Jesús».

«Asociaciones juveniles de caridad, catequistas, *scouts*, grupos musicales que adaptaban temas de los Beatles y Simon & Garfunkel, e incluso pequeñas comunas de ambiente liberal: las congregaciones neocristianas tuvieron manifestaciones muy diferentes, su crecimiento fue exponencial». [Gran plano general, una plaza, multitud de banderas blancas y amarillas, docenas de niños sobre los hombros de sus padres, luz irreal.] «Sin estructura jerárquica ni táctica aparente, se multiplicaron como en la metáfora bíblica de los panes y los peces, y pronto la Iglesia descubrió el enorme potencial que comenzaban a adquirir. La visita del Papa en 1982 fue un momento definitivo».

[Habla el teólogo de las lupas.] «La Iglesia, quiero decir la vieja Iglesia, se dio cuenta de que aquello ya no era un grupo aislado de gente entusiasta y un poco chiflada, no. Los neocristianos existían, iban en serio. Hablamos de miles, de cientos de miles de fieles en una época de crisis en la que faltaban vocaciones y las parroquias se vaciaban, y fueron muy hábiles al hacerse visibles por primera vez en la explanada de la plaza de Lima durante la primera visita del Papa, y muchos obispos que ni siquiera habían oído hablar de ellos se quedaron con la boca abierta diciendo ¿y éstos de dónde han salido?».

[Sigue el de la chispa en los ojos.] «No, no había ningún plan, ninguna estrategia de propagación. Pero el mensaje de Jesús es contagioso. Cuando descubres la Verdad, no cuando repites las palabras del cura en la misa del domingo, no, quiero decir cuando lo haces tuyo, cuando tomas el mensaje de Jesús con tus propias manos, entonces necesitas contarlo, contarlo y contagiarlo, no puedes quedarte con él para ti solo».

[Planos de manifestaciones, pasillos del Congreso, ruedas de prensa.] «A medida que ganaban peso en la Iglesia, el discurso ultraconservador del episcopado se hacía patente. El rechazo al aborto, a la homosexualidad y al divorcio se convirtieron en el campo de batalla, e incluso en la agenda de algunos partidos políticos que veían en las jóvenes y fértiles familias neocristianas un nuevo granero de votos».

[Vuelve el de la chispa.] «Nada de fanatismo, nada de ultra-nada. Fíjense en los jóvenes musulmanes que están dispuestos a dar su vida por una fe equivocada: eso sí que es fanatismo. El mundo sufre por ese motivo, la humanidad sufre. Nosotros sólo les pedimos a nuestros jóvenes que dirijan su tiempo y su trabajo hacia una idea superior, que vivan intensamente sus convicciones, que las defiendan con firmeza, pero nada de fanatismo, no».

[El teólogo se inclina sobre la mesa de escritorio y sostiene las lupas.] «Las guerras del siglo XXI son guerras espirituales, no políticas ni territoriales, como en el siglo pasado. Ni siquiera son guerras económicas. Es más fácil y más barato comprar un país, invertir en él a través de grandes corporaciones, que invadirlo. Si se invade un país no es porque se quiera hacer negocio y ganar una fortuna, sino por una idea superior. Una idea superior».

«No somos ninguna *yihad*. Es ridículo hablar de fanatismo, no».

«De fondo existe un enfrentamiento profundo de valores y creencias, el islam y el cristianismo, Oriente y Occidente. Es casi un combate cinematográfico. No en vano el mundo *es* cinematográfico, lo percibimos según los esquemas que la ficción cinematográfica ha establecido en nosotros».

«No conspiramos, no deseamos el mal ni la desaparición de nadie. Defendemos la vida, incluso la vida de los que no han nacido, esos millones de seres que son triturados antes de nacer».

«El islam tiene sus guerreros, sus héroes y su mensaje. El cristianismo comienza a recuperar los suyos, y mientras que el islam mantiene la rémora de provenir de la pobreza y el subdesarrollo, el cristianismo se enorgullece de formar parte de la raíz ideológica del progreso».

«¿No es fanatismo defender el derecho a matar a esas criaturas en nombre de una idea falsa de libertad y progreso? ¿*Progreso* es matar bebés?».

«Hay muchos más musulmanes pobres que cristianos pobres. Millones, cientos de millones. En los dólares hay un lema: *In God we trust*. Los dólares confían en Dios, el dios de la cristiandad. Y les va bien a los cristianos, hasta el momento su dios no les ha fallado».

Fin: sintonía de despedida, aullido desasosegante o tal vez un coro infantil lejano, lejano, y luego una voz en fuga, un sonido eléctrico...

Parecían insectos. Bajaron a la tienda y barrieron, fregaron y tiraron toda la comida que se había echado a perder. En realidad, Magui apenas hizo otra cosa que sentarse en un taburete y anotar todo lo que su madre iba diciendo que apuntara porque la herida aún estaba fresca y los puntos parecían insectos.

Aunque hacía mucho que no conducía, la mamá de Magui se atrevió a arrancar la vanette y, juntas, mirando con cautela en cada cruce, fueron al mercado de mayoristas a comprar verduras, arroz, embutidos, leche y yogures. Mamá no sabía nada de precios ni de cantidades, durante semanas estuvieron almorzando y cenando los yogures que no conseguían vender.

Desde primera hora no dejaban de entrar señoras que venían a por cualquier cosa y sobre todo a mirar qué cara ponía la mamá de Magui, que se hacía barullo con las vueltas y las bolsas, la gente sonreía y callaba cuando encontraba algo demasiado barato y protestaba si era demasiado caro. Antes de que se arruinaran del todo, Magui le dio un empujoncito y se puso en la caja evitando la bancarrota, y desde entonces se repartieron amistosamente los papeles, la pequeña Magui cobrando con cara de hurón, su mamá diciendo buenos días, buenas tardes, sin que ninguna cotilla del pueblo pudiera sacarle una palabra de más.

Kant a carboncillo. La Sra. Amable Dos piensa: el bachillerato, las horas viscosas del bachillerato. Diecisiete años y las mejillas sonrosadas, nada que ver con la piel de sebo de las demás, no, ella era dulce y bella como una princesa de cuento encerrada en una mazmorra horrible, los baldosines de cerámica la conducían al aula a través del pasillo como piedras negruzcas que llevan al río. La lentitud. La mansa lentitud amasada en los jerséis de los profesores, en las pastas del libro de Anaya, en el dibujo a carboncillo de Kant de la portada, en las persianas de tablillas que se enrollaban sin riel con una cuerda de tendedero, cuando el viento soplaba había que atarlas a la baranda pero aun así seguían percutiendo como el repique de unos dedos sobre la mesa.

Las mejillas sonrosadas, diecisiete. Los muchachos no se atrevían a besarla con ganas, quiero decir a besarla comiéndosela a mordiscos y a meter las manos debajo, nada de eso a pesar de sus mejillas sonrosadas y sus diecisiete, bella y dulce y triste como una niña castigada.

En casa se repetía la misma viscosidad: mamá ventila las habitaciones, papá acude y calla, los hermanos se desentienden, ella obedece, hace las camas, estudia, subraya con lápiz, llena el cuaderno de cosas que no comprende como moléculas disociadas, bacilo de Koch, hojas de acanto, complemento predicativo, la letra es limpia y curva, una vocal en cada cuadrícula, nada sirve de mucho, igual que el cordel que no amarraba las tablillas, igual que los besos sin comérsela a mordiscos, igual que el soliloquio de los profesores, sus jerséis, los baldosines, los ejercicios de gramática.

El nene Lecu duerme: te vienes conmigo, Antonio Lecumberri, el buen Jesús así lo quiere, mi casa es pequeña y vivo sola, nos haremos compañía, tu espíritu es muy blanco pero cuando duermes se vuelve amarillo tierra, siempre he podido ver el color del espíritu de los demás, no todos son iguales, dicen que a Cézanne también le pasaba pero entonces no entiendo por qué pintaba rocas y arbustos y manzanas y casi nunca un retrato, yo puedo ver el espíritu de los demás pero no puedo ver el mío en el espejo, si supiera dibujar te haría dos retratos, uno despierto y otro dormido, sois tan diferentes los dos, he venido muchas veces a verte cuando aún eras un leño parduzco, ahora el buen Jesús quiere que sea yo quien me haga cargo de ti, me lo pidió en un susurro y no pude mirar para otro lado, la deuda que guardo con él es demasiado grande.

Maestro de Escuela. El profesor entró en la tienda a media mañana. En los ochenta, los maestros de escuela eran considerados reverendos señores, purísimas excepciones a la excrecencia del mundo, especialmente en pueblecitos tan birriosos como aquél, donde se les trataba de don. Entró, pues, con toda su flama don Maestro de Escuela, que una década antes había impartido Catecismo y Formación del Espíritu Blablá, dio los buenos días deslizando eses finales, acarició la cabeza de Magui y le dijo a su mamá si podían charlar un minuto. No había barullo en la tienda, así que anda, Magui, sal un rato a la plaza, la pequeña los miraba desde el banco de enfrente mientras ellos hablaban divididos por la caja registradora. Cuando don Maestro de Escuela se despidió con un guiño, Magui regresó asustada, una pregunta en los labios:

Dice que tienes que volver a clase.

A clase.

A Clase.

A Magui se le había olvidado que había un lugar llamado Colegio.

Que un profesor tenía una lista con una foto Suya.

Pero yo le he dicho que no, que todavía es pronto.

> [Aquí, la cámara se aleja en travelín del cuadro y las siluetas de Magui y su madre permanecen en plano general, son un escudo de luz mucho

más robusto que el de Ulises 21.]

Vagos y maleantes. La Sra. Amable Dos le contó a Lecu muchas cosas. Le contó, por ejemplo, que dejó el bachillerato sin terminar, el libro de Anaya sin forrar y las camas de sus hermanos sin hacer; que se fugó de casa y viajó a lugares distintos con dos muchachos y una furgoneta, que dormía con ellos, compraba y vendía hachís para ellos; que se dejaba pegar y tocar por la policía en los controles de carretera, se sometía a la ley de vagos y maleantes, permitía que la echaran a patadas de los pueblos; que tenía el pelo rubio y espeso como madeja de lana Pingouin Esmeralda, que se bañaba muy poco, sólo cuando acampaban en un lago o en la playa o entraban por un ventanuco en un polideportivo municipal; que a veces robaba, se hacía la tonta a veces, se creía muy lista demasiadas veces, hasta que un día los dos muchachos se cansaron de sus listezas y la dejaron en una gasolinera como a un perrito que compraron en Navidad sin saber que crecería tanto. Dios quiso que el Sr. Alto y Locuaz se detuviera a repostar en la misma gasolinera, y que sus ojos oscuros se encontraran con los ojos claros de ella, y que le dijera ven conmigo, el buen Jesús tiene planes para ti, y ella tomara su mano y subiera al coche sin entender nada de lo que decía porque en los últimos meses había fumado mucho y todo lo veía amarillo, como el sol que cegaba al nene Lecu en el descampado, igual.

La Sra. Amable Dos también le contó que desde entonces creía sin mancha en Dios y en el Sr. Alto y Locuaz, que seguía las palabras del buen Jesús y se esforzaba cada día en no apartarse de la vereda que el Sr. Alto y Locuaz había desbrozado para ella, eso dijo. Pero también dijo que nunca había vuelto a ver a sus padres ni a sus hermanos, que una vez salió una fotografía suya en un programa de televisión y que los espíritus de los vivos y de los muertos eran transparentes para ella, y dibujó el abecedario en un papel, puso encima una moneda y dijo pon un dedo aquí. La Sra. Amable Dos cerró los ojos, pronunció un nombre en voz alta y la moneda comenzó a girar y a girar sobre el tablero, y quemaba, quemaba.

Lecu se escondió debajo de la cama. Cuando la Sra. Amable Dos logró convencerlo para que saliera, tenía el pelo lleno de pelusas, mondaduras de manzana y recortes de uñas. Esa noche hubo que besarlo y abrazarlo y dejar la luz del pasillo encendida hasta que se quedó dormido.

Al mediodía, la Sra. Amable Dos untaba mantequilla en una rebanada de pan. No tengas miedo, los espíritus de aquí no son como los monstruos de las películas, sólo balbucean alguna cosa y se van enseguida, a veces ni siquiera se entiende bien lo que dicen, hablan raro, juntan palabras. Será que son retrasados, dijo Lecu. Sí, será eso. No como yo. Sí, no como tú. Porque yo no soy retrasado. No, tú no eres retrasado, tú eres un niño muy inteligente. No eres retrasado, le repitió sujetando sus mejillas y pintándole un churrete de mantequilla en la nariz.

¿También puedes hablar con mi mamá con esa moneda?, preguntó. Para eso bastaría un teléfono.
¿Un teléfono?
Tu mamá no está muerta, Lecu.
¿No?

Frío de cueva. Es invierno. Ni las vacas resisten al raso. Las piedras se encogen en los sillares, la torre del baluarte aprieta la plaza con frío de cueva. Debajo de los cobertores, Magui procura dormir pero piensa: las primas querían venir en Navidad y mamá ha dicho que este año preferimos estar solas. Solas. Ahora mamá ya es normal. Ahora ya duerme, se lava el pelo, se viste para bajar a la tienda. Luego almorzamos juntas, vemos la televisión, volvemos a la tienda y después subimos otra vez y hacemos las cuentas, yo ayudo a preparar la cena, a veces suena el teléfono y ninguna lo coge. Ahora es de noche, hace mucho frío y ella duerme, yo no: oigo el teléfono en la sala, sé que es mentira pero lo oigo como si fuera de veras. Me desenredo del cobertor, camino descalza, el teléfono sigue sonando de verdad pero de mentira. Levanto el auricular: el zumbido de la línea es un insecto. Enciendo la televisión sin volumen. Permanezco muy quieta hasta que se hace de día. Vuelvo a la cama, consigo dormirme justo cuando mamá viene a despertarme, le digo que no me encuentro bien, ella dice que me quede en la cama y no me mueva, que subirá a media mañana a darme una vuelta, estate quietecita, y me abriga, me da un beso en la frente. Cuando cierra la puerta, me enredo en el cobertor y ando descalza hasta la sala. Me dejo contemplar por el teléfono, enciendo la televisión. En las plantas de los pies siento ese frío de cueva, ni las vacas resisten al raso. Pero mis pies sí resistirían, podría abrir la ventana y sacarlos al relente, son tan bonitos, son tan blancos y bonitos mis pies de niña pequeña, en la siemprencendida una señora llora porque su hija se fue de casa y ya nunca supo de ella.

Repite conmigo: *as-te-roi-de.* La Sra. Amable Dos leía librillos de ciencia ficción que compraba en la papelería. Por ejemplo: *El Planeta Centauro, El Aullido en el Espacio, La Frontera Exterior,* y de vez en cuando *Los Cinco Hermanos de Jesús de Nazareth* o *La Profecía del Último Eclipse,* pero éstos los forraba convenientemente con papel de periódico para que el marmolillo del buen Jesús que colgaba en la cocina no se ofendiera. Si el nene Lecu se aburría, ella le leía capítulos en voz alta, capítulos que empezaban con *El teniente Clark se cercioró de que la escotilla de la cápsula estaba bien cerrada antes de emitir la señal de alarma* o *Al amanecer del quinto día, el oficial de transmisiones registró un nuevo mensaje cifrado.*

Cuando aún era el Chico-Musgo e iba al colegio (un día sí y tres no), Lecu se sentaba muy tieso en su silla y se dejaba peinar las greñas mientras la maestra bondadosa se esmeraba en que al menos aprendiera a sujetar el lápiz y a completar los palotes de la plana. Los demás niños ya leían párrafos completos de Clásicos Juveniles y escribían en el cuaderno de dos rayas *zahorí, zahones, zaherido* y otras palabras imprescindibles para la vida inmediata mientras el nene Lecu seguía con sus palotes, la serpiente que era una ese, el camello que era una eme, el globo que era una a, y por eso podía distinguir las letras de las portadas de los librillos de ciencia ficción de la Sra. Amable Dos, e incluso copiarlas en una hoja de cuadros con caligrafía legible, pero no era capaz de leer dos letras seguidas, la *ele* con la *a, la,* y menos aún de escribir una palabra completa, *cáp-su-la, hi-per-es-pa-cio.* De hecho, en la cabeza del nene Lecu los conceptos *palabra* y *letra* no existían: Lecu no escribía letras sino serpientes, globos y camellos igual que dibujaría un perrito, una mariposa o una cuchara y una jeringa.

Cuando la Sra. Amable Dos se dio cuenta de que el nene Lecu no sabía leer ni escribir, por mucho que sostuviera bien el lápiz y se sentara formalito en la silla, decidió que debía ponerle remedio enseguida. Y como lo que tenía más a mano eran sus novelas de ciencia ficción, comenzó con ellas en lugar de con la cartilla Micho, y pronto descubrió que Lecu era de veras un niño muy inteligente, y en dos semanas ya silabeaba *ve-nu-sia-no, as-te-roi-de,* en un mes escribía al dictado *el comandante intentó cambiar el rumbo desesperadamente pero los mandos de la nave se negaban a obedecer,* y antes del verano ya leía de corrido *gravitatorio, propulsores, cráter romboidal.*

Esas lecciones improvisadas soldaron con estaño al nene Lecu y a la Sra. Amable Dos, figurilla de dos cabezas inclinada durante horas sobre el cuaderno de rayas, *El teniente Clark avistó a estribor una flota enemiga que los instrumentos no habían detectado: «Tendremos un poco de diversión antes de la cena, muchachos».* A veces, cuando tocaba hacer un dictado, ella recordaba alguna peripecia de la época oscura:

       Una vez (decía)
       Una vez
       encontré una lagartija
         encontré una lagartija
       dentro de la guantera del coche
         dentro de la guantera del coche
(la guantera es el sitio donde se guarda un mapa o un vaso de cristal pero nunca lo que no quieres que nadie encuentre, lo que no quieres que nadie encuentre se esconde debajo de la alfombrilla, que es un lugar mágico donde piensas que a nadie se le ocurriría mirar)
                         Punto y seguido
       La lagartija era verde por un lado
       La lagartija era verde por un lado
       y blanca por la tripa
       y blanca por la tripa
                         Punto y seguido
       Miguel la cogió del rabito
       Miguel la cogió del rabito
       y la metió dentro de mis bragas
       y la metió dentro de mis bragas
                         Punto y final
   Por ejemplo.

Y así supo el nene Lecu que, siendo jovencita, la Sra. Amable Dos había cometido tantísimos pecados y ultrajes contra la ley de Dios que necesitaría largos años de meditación y aislamiento para purificar su espíritu, porque si no hubiera sido por la milagrosa intervención del Sr. Alto y Locuaz, la Sra. Amable Dos gastaría sus rojeces abriéndose en dos en un burdel o fermentando en una casa ruinosa rodeada de orina de gato o quietecita en la morgue de un hospital universitario, llena de banderitas y etiquetas, como acaban los cadáveres de los vagabundos que se mueren de frío. Al buen Jesús se lo debía todo, al buen Jesús del marmolillo de la cocina y a su emisario carnal, el Sr. Alto y Locuaz.

Diversiones y acrobacias. En primavera el pueblo era más amable. Las hortechuelas se cuajaban de frutos y macizos silvestres, las orillas de la carretera se poblaban de amapolas, las vacas mudaban su semblante idiota, masticaban el opio de las amapolas y parecían felices en la resolana de los prados esperando la llegada del padrecito soñado y su cargamento de esperma. No sabían, pobres, que el viejo semental que el año pasado las deslomara había sido reemplazado por un bidón de óvulos fecundados en un laboratorio holandés, y que ya nunca volverían a sentir sobre sus molidos costillares el peso monstruoso de aquella masa de músculos; ya nunca la mano del granjero celestinesco calzaría el enorme pene en sus vaginas de cuero; no más fingido dolor, no más desprecio fingido hacia aquel al que los amos guardaban en el corral para que no las destripara vivas cuando llegaba la época del celo.

Los viernes, Magui y su mamá cerraban la tienda un poco antes. En lugar de subir a casa, daban un paseo hasta el empiece de los caminos de grava y regresaban por las callejuelas a buen paso para que no se les hiciera de noche. Algunas veces entraban en el videoclub y alquilaban una película de artes marciales o de tifones y terremotos, que se apilaban muy cerca de la cortinita. Aún era una niña chica pero Magui ya sabía lo mismo que las mayores, cosas que ni siquiera se apuntan en el Diario de Kitty, el candado dorado y las páginas perfumadas. Dentro de su cuerpecito flaco comenzaba a hacerse sitio una niña mala que se reflejaba, como en un espejo, en aquella cortinilla que escondía de su vista tantas diversiones y acrobacias; las escondía pero del mismo modo las proyectaba en el visor de su cabecita, si bien es cierto que la pátina de bronce principesco que Magui vertía sobre esas imágenes tenía muy poco que ver con la realidad del salivazo, el pezón masticado y la rociada anal.

Te muerden los pies si duermes descalzo. El nene Lecu hizo muchos progresos al lado de la Sra. Amable Dos. Durante el tiempo que estuvo a su lado, se metamorfoseó en devoto cristiano, aplicado estudiante, manso hombrecito, espabilado muchacho siempre al quite para pescar cualquier mordisco, porque si en casa de la Sra. Amable Uno la comida rebosaba de los platos, en el pisito de la Sra. Amable Dos era frecuente que se saltaran la cena, el desayuno y el almuerzo. De vez en cuando, la Sra. Amable Dos levantaba los ojos de su librillo y decía: ¿tienes hambre? Invariablemente Lecu asentía y entonces se ponían el abrigo y bajaban a un bar donde engullían flamenquines y croquetas de queso hasta las migas.

No era muy generosa ni muy diligente en los asuntos domésticos, pero amaba a Lecu, y Lecu comenzó a amar a la Sra. Amable Dos. Conversaban durante horas en la terraza, hablaban de temas controvertidos, como por ejemplo de los gatos que brincaban como monos en la azotea de enfrente y se colaban en las casas. La Sra. Amable Dos los odiaba. Lecu había vivido rodeado de muchos gatos y sabía que eran animales astutos y limpios. Ella aseguraba que los gatos olían mal, que transmitían enfermedades y que eran un instrumento del diablo. Él decía que los gatos no muerden pero las ratas sí, las ratas muerden mucho, te muerden los pies si duermes descalzo, te muerden las manos si no te limpias las uñas después de comer, es mejor tener gatos que ratas. Por otra parte, los humanos también huelen mal, pensaba Lecu, y además la Sra. Amable Dos tiene muchos pelos de gato debajo del ombligo, los había visto una vez en el baño.

Una pequeña barbilla como un fruto. Los años transcurrieron despacio. De lo invisible no se hablaba, nada se decía, el teléfono en su sitio, la siemprencendida en su sitio, la tienda, las cuentas, la vanette, el banco de forja de la plaza fría, todo seguía en su sitio. Magui se convirtió en una niña triste y ausente que se quedaba callada mirando un objeto con fijeza o apoyada sobre los codos. Había que zarandearla y decirle ¡Magui! para que regresara de dondequiera que estuviese. En proceso inverso, fue poniéndose cada vez más bonita a medida que su tristeza pasteurizaba. Crecía y ya tenía once años y en el rostro una pequeña barbilla como un fruto que dirigía la mirada a dos labios de dibujo animado; crecía y con doce nacieron en la camiseta, plop, dos bultitos graciosísimos; crecía y ya tenía trece y ojos de actriz francesa; con catorce era una hermosura de papel de arroz, muy blanquita, muy serena, pero con boca de mujer adulta, pestañas de mujer adulta, senos y caderas y nalgas y pubis de mujer dispuesta y fragante. En la manada habría sido sometida por el alpha dominante hasta que otro yunque bien armado la tomara como premio de la riña dinástica. En la tribu habría sido raptada para el capricho de un cacique que a cambio ofrecería pieles tersas y piezas de cobre. En el clan los artesanos amasarían moles de barro, la convertirían en Venus. En el cine sería Liv Tyler en *Belleza robada.* Y en el colegio todo eran pensamientos y dedos debajo de las sábanas, se la veía tan linda, tan bonita y vulnerable y triste, extraviada en el no se sabe qué de su cabecita. Las compañeras le dedicaban una feroz hostilidad que produjo muchas lágrimas y alguna bronca de las de te espero en la puerta aunque nunca llegó a nada porque en el pueblo esas cosas no ocurrían. A diferencia de aquellas pavas repintadas, Magui no necesitaba maquillarse, vestir ceñido, calzar alto, parecer mayor, nada. Le bastaba cualquier camiseta y cualquier vaquero para que en la mente de los chicos anduviera desnuda por el corredor de una casa colonial, amanece y ella se despereza de una noche larga de alcohol y bum-bum, tal vez también de drogas, mi niña pequeña, ¿sabéis?, se fue perdiendo de veras, comenzó con esas cosas que no se deben hacer, y sus desvaríos satisficieron mucho, mucho a la población masculina de Belalcázar, un nombre que parecía inventado para encastillarla dentro, *Bel-alcázar*, el pueblo de las vacas bobas y el castillo repelado que convirtió a la pequeña Magui en su tótem. Ya no era la Niña del Marica sino Magui la Niña Guarra o Magui Mamadora o Magui y muchas palabrotas detrás. Nunca lo supo, pero su figura aparecía en los cuentos que un profesor de literatura trató de publicar sin éxito y en los bocetos que el profesor de plástica dibujaba cuando llegaba a casa después de la briega con esos escolares imbéciles, e incluso en la cabeza del viejo don Maestro de Escuela cuando los sábados ensayaba un polvo con su mujer y la dificultad de encontrar el orificio entre tanta carne y doblez de pelo le quitaba las ganas, y se agarraba a la imagen de Magui —la pequeña barbilla como un fruto— para no ver el mondongo que la pobre señora trataba de ordenar sobre la cama, todo se arruga y desfallece demasiado pronto, pobre don Maestro de Escuela.

Panteras rosas y areolas granates. Cuando iban juntos al supermercado, el nene Lecu se llenaba los bolsillos de phoskitos y de panteras rosas. Aunque la Sra. Amable Dos lo registrara a conciencia, siempre lograba escamotear alguno que luego devoraba al salir sin que sus reconvenciones sirvieran de nada.

Muchas veces le hablaba la Sra. Amable Dos de las cosas que un niño neocristiano no podía hacer: no puedes robar, no puedes orinar en cualquier parte, no puedes escupirle a un señor que te acaricia el pelo, no puedes sentarte en el suelo ni rebuscar en los cajones del doctor. El nene Lecu se reía y se limpiaba los restos del chocolate de las uñas con el canto de un librillo.

Otras veces ni siquiera hablaban: se sentaban en las sillas de mimbre de la terraza y permanecían en silencio, y el nene comprendía que algo no iba bien, y miraba al suelo con aire entristecido, balanceando los pies con cara de no voy a hacerlo más, lo juro.

La Sra. Amable Dos no le contaba nada de eso al Sr. Alto y Locuaz, que los visitaba con frecuencia y se admiraba de lo listo y formalito que se había vuelto el Chico-Musgo del descampado, será un valioso escudero, pensaba, el báculo en el que apoyaré la carga de mi vejez cuando blablá, pero le pedía a la Sra. Amable Dos que en sus lecciones empleara libros más *adecuados*, como, por ejemplo, el Viejo Testamento en edición ilustrada, donde Lecu aprendió que Isaías subió a los cielos en un carro de fuego, que los ejércitos de los ángeles custodios blandían espadas flamígeras y que Judith, de un tajo, hizo que la cabeza de Olofernes diera tres botes en el suelo, y todo esto lo comprendió perfectamente el nene Lecu pues se parecía mucho a cuando el teniente

Clark decapitaba alienígenas con su sable de luz, o cuando la lanzadera de reconocimiento recogía en un risco a los supervivientes del bombardeo de neutronio, y al leer en aquellas viñetas que Dios moldeó con barro y saliva a la primera criatura humana, Lecu recordó el episodio de *Los Glaciares de Neptuno* en el que los jerarcas neptunianos creaban una raza humanoide para horadar las minas de cuarzo:

El comandante del Meteor V *alargó su mano y la posó en la cintura de la joven Nil. Notó que se estremecía.*

—No queda combustible en los tanques.

Ambos sabían lo que eso significaba. Se abrazaron con ternura y dolor infinitos.

—¿Crees que puede existir auténtica comunicación espiritual entre un hombre y una mujer que van a morir? *—preguntó el comandante sin esperar respuesta.*

—Sí, lo creo.

—¿No será sólo sexo desesperado, una manera insensata de agarrarse a la vida?

—El sexo es parte del espíritu; la desesperación también lo es. La vida es insensata.

—Eres muy sabia para ser tan joven, pequeña Nil. —Miró su reloj astronómico y bajó los ojos al suelo—. Quedan pocos minutos para que amanezca.

—Al amanecer todo se habrá consumado. Nada quedará de estos cuerpos, de estas ropas que nos cubren, del planeta que se extiende debajo de nuestros pies.

—Pocos minutos pueden ser suficientes.

El comandante abrió la camisa plateada de Nil y la luz de la cabina iluminó sus senos azules, hermosos y fuertes, coronados por areolas de intenso color granate. Los pezones se irguieron con la presión de los dedos masculinos. Nil cerraba los ojos y entreabría la boca notando que se le secaban los labios. Sacó su lengua para humedecerlos y él la atrapó y la absorbió como si quisiera tragársela. Sus manos valoraban la firmeza de los senos, liberados ya de las ataduras de los corchetes.

—*Esto es amar y morir, Nil, así lo hacíamos en la Tierra.*

—*Hágame volar, comandante, hágame volar muy alto, será su última misión* —*gimió Nil, casi incapaz de articular las palabras.*

Nadie se extrañe, no, de que al nene Lecu no lo reclamara ninguna institución estatal ni echaran en falta su nombre en la lista de ningún colegio, porque recordad, niños, que todo aquello sucedió en un tiempo lejano en el que las administraciones tenían cosas mucho más importantes de las que ocuparse que de los niños perdidos, y los televisores sólo sintonizaban dos cadenas y los chicos compraban tabaco para sus papás en los estancos y las botellas de gaseosa eran cascos retornables. Y en ese tiempo tan lejano los periódicos olvidaban contar las fealdades que ocurrían en los descampados y en el interior de algunas casas para que así los lectores no tuvieran pesadillas ni malos pensamientos, algo muy diferente, muy, de lo que ahora sucede, porque ahora los periódicos son nobles y honestos y sólo cuentan cosas verdaderas e importantes y si algo no aparece en sus hermosas páginas cuadriculadas podéis estar seguros, niños, de que no ocurrió de veras, descansad, dormid tranquilos sobre vuestras almohaditas, ellos vigilan vuestro sueño.

Pasaron los meses. Cada vez con más frecuencia los visitaba el Sr. Alto y Locuaz, se sentaban juntos en la terraza como viejos amigos. Una tarde, cuando ya oscurecía y se encendían las luces naranjas del alumbrado y las manos y los rostros y las palabras adquirían ese color mortecino, el nene quiso saber ¿dónde están mis padres?, y el Sr. Alto y Locuaz, muy firme y muy sereno y enérgico, respondió tus padres están en una granja. ¿En una granja como esclavos?, preguntó una voz que Lecu no quiso que saliera de su garganta. No, como esclavos, no; están en una granja *creciendo,* dijo.

Creciendo.

Lecu se los imaginó sembrados en un arriate.

Ninguna viruta en el gusanillo. En septiembre, Magui y Lecu volvieron a clase. Ella tuvo que repetir curso y a él le hicieron sitio en un colegio religioso cuyo director era un neocristiano tibio que trajinó los papeles oportunos para que la inspección no descubriera nada. Incluso en medio del desorden burocrático de los ochenta aquello podía llegar a parecerse a un secuestro, y cabía la posibilidad de que un funcionario avispado se aventurase a mirar el expediente que cae del montón de su mesa y dijera de dónde carajo ha salido este bicho sin partida de nacimiento ni libro de escolaridad ni padres ni tutores ni... Antonio Lecumberri... ¿no apareció algo de eso en los periódicos? Lecumberri... me suena... Lecumberri invisible, Lecumberri hipotético, entelequia de Lecumberri inexistente, el mágico advenimiento del Chico-Musgo que llegó desde ninguna parte para sentarse en su pupitre con las mejillas fregoteadas.

Ese año a Magui le tocó repetir curso pero no era lo mismo que repetirlo entero porque el lomo de los libros no estaba gastado y el forro seguía tirante y el bloc de dibujo sólo tenía dos páginas arrancadas y ninguna viruta en el gusanillo; no era lo mismo porque Magui había pasado medio curso en blanco junto a su mamá, ajustando las vueltas en la tienda y yendo los sábados por la tarde a comprar bateas de caracolas, pan de molde y rosquitos de vino; pero sobre todo no era lo mismo porque Magui no se parecía en nada a esas niñas que se pintan y fuman y que la profesora ni las mira, no tienen remedio, son unas golfas, lástima de sus madres. No, Magui no era así, Magui Repetidora todavía era la niñita de las horquillas y el agua de colonia, incluso cuando se convirtió en Magui Mamadora conservó ese aspecto limpio y cándido, el pelo siempre le olía a champú aunque el esperma le hiciera rizos. Aquel primer día de cole no abrió el candadito dorado de su Diario de Kitty ni escribió en él que, al entrar en clase, pudo oír a dos niñas muy feas diciendo sin esconderse mira, ésa es repetidora, repetir cuarto es de retrasados, a mí mi padre me enseñó a leer a los tres años, y a mí a los dos, y a mí a los uno, y a mí a los ninguno, y se reían.

Durante las primeras semanas, Lecu no abrió la boca. Se sentía fascinado por el profesor, un vejete divertido que hacía reír a los alumnos con chistes de catetos. Lecu lo miraba atónito, no comprendía ninguno de los chistes; en realidad, no comprendía nada, ni de Matemáticas ni de Lengua ni de Ciencias, nada, no distinguía las asignaturas y a veces se quedaba tieso delante de la página diecisiete de su libro de Naturales mientras sus compañeros subrayaban la diecisiete de su libro de Sociales. Cuando le tocó hacer el primer examen y le pusieron la hoja sobre la mesa, levantó la mano y pidió permiso para ir al baño. En aquellos años, niños, un alumno tarugo no era un alumno con necesidades educativas especiales ni con adaptación curricular ni con dificultades cognitivas; era simplemente un tarugo, se le aguantaba en clase y se le trataba con cierto decoro pero se le suspendía sin remedio y no se pensaba jamás que pudiera salir de su estulticia porque entonces los chistes de catetos se quedarían sin protagonistas y ya no serían graciosos, y los chistes de catetos, como los de mariquitas, tenían que hacer gracia, eran un instrumento de cohesión social imprescindible. Los chistes señalaban la normalidad, trazaban un círculo; dentro se guardaba lo normal y aburrido, fuera lo anormal y risible, ser marica, por ejemplo. Tampoco es que se les fuera a perseguir ni a tirar piedras ni a lanzarlos a la charca ni a llenarles el culo de perdigones, pero un marica necesita por su bien saber que lo suyo no es normal, y en ese sentido los chistes del profesor vejete cumplían adecuadamente un objetivo pedagógico, mejor así que a base de bofetadas ¿no?, mucho habían evolucionado los métodos desde que él estudiaba con los Padres Píos, jeje, aún recuerda aquellas palmetadas en los nudillos que picaban como ortigas, las jodidas.

Aunque a Lecu le gustaban más los totos que los pitos, sabía que su lugar estaba fuera del círculo. Él también era risible.

Diario de Kitty. Si Magui no hubiera perdido la llave del candado dorado del Diario de Kitty ahora tendríamos un testimonio veraz de aquellos años amargos en los que su mamá la convenció de que papá ya no existe, el teléfono no suena, estamos las dos solas, mejor así. Siempre llevaba encima la llave, incluso cuando jugaba al voleibol o cuando el profesor de gimnasia decía cinco vueltas al patio. En la tienda, por la tarde, solía dejarla sobre la caja registradora y la miraba muy fija y a veces la ensartaba en una goma del pelo y se la ataba a la muñeca. Después de cenar se escurría entre las sábanas, abría el candado, olía las páginas perfumadas y escribía con caligrafía de niña repetidora todas las cosas horribles que se le ocurrían. Aquel papel troquelado con animalitos en sobreimpresión se iba llenando de angustia, de oscuridad y de historias de niños perdidos en estaciones de tren, qué extraordinario material para un terapeuta. Pero sucedió que un día llegó corriendo a casa, subió con prisas, entró en su cuarto y buscó la llave en el bolsillo, y la llave no estaba, vació su mochila y su estuche sin resultado, puso el dormitorio patas arriba, debió de ser en clase de gimnasia, se habrá escurrido por el sumidero del patio, sí. Esa llavecita extraviada, niños, nos arrebató la oportunidad de conocer la verdadera identidad de Magui-adolescente, que ya había perdido el hábito de escribir y no emborronaba cuadernos con caligrafía de niña repetidora ni decía:

«No estoy triste. Hay algo de náufrago en mí pero tal vez también les pase a los náufragos que encuentran en la desolación un respiro, y quizá subieron a ese buque pensando ojalá esto se vaya a pique y yo sea el único que se salve, todas las horas del día serían para mí, ya no más renuncias hacia nadie, podré hurgarme y apiadarme y llorar de veras, quiero decir, llorar sin que nadie sepa que lloré y me mire a los ojos y diga a ti te pasa algo, los náufragos huyen de los aviones de rescate y se esconden en la espesura cuando suenan los motores. ¿Dónde están los niños perdidos, en qué zanja, qué sótano de bruja mala, por piezas en qué organismo de niño rico que necesitaba recambios? No estoy triste, *triste* no sirve, *triste* es palabra pequeña. Estoy sola. *Sola* sí sirve, *sola* es palabra redonda que todo lo recoge.

»Tengo trece años. Duermo sobre mamá. Ella cree que duermo pero no duermo de veras porque cada vez que respira y me acaricia el pelo tengo que apretar los ojos para que no se me abran solos. Necesito dormir sobre ella todas las noches pero me da vergüenza pedírselo y sólo duermo algunas. Mamá me acaricia muy suave, eres una niña pequeña, dice, eres mi niña pequeña y yo me como sus pechos gordos con la nariz, meto mi nariz en el escote de su camiseta, tan bonito y tostado, en verano el sol le pica la piel y casi no tiene ojeras, papá no se daba cuenta de esas cosas.

»Por la tarde me siento encima de Buenchico, que tiembla el pobrecito al verme y vuelve a casa manchado, su nariz estuvo en mi escote que es tan pequeño, mi nariz en el escote de mamá y la nariz de Buenchico en el mío, yo sería capaz de besar a mi madre en la boca pero no como lo hace Buenchico, distinto.

»Me gusta hacerle rabiar y que se aguante las ganas pero me gusta más que no se las aguante y se manche. Algunas veces me persiguen, se meten conmigo, me dicen puta, me dicen puta muy alto para que todo el mundo lo oiga, pero a mí no me importa y casi no lloro. Paso buenos ratos con Buenchico, ellos lo saben, se masturban pensando en mí, envidiando a Buenchico. El muy tonto me regaló una esclavina en mi cumpleaños, ya tengo catorce y ahora somos novios pero no novios formales porque él dice que conmigo no se puede. Cada día me veo más guapa en el espejo. Me daría besos de Buenchico si pudiera, estoy chiflada por mí, me quiero. Todo lo demás es una carnicería: las chicas quieren reventar a cualquier chica, a mí sobre todo, los chicos quieren moler a cualquier chico y follarse a cualquier chica, a mí sobre todo, y que se sepa luego, que se anuncie y se repita la hazaña, es ley, ellas me odian y ellos quieren follarme, es ley, pero siempre a lo bruto, con la misma rabia con la que me darían dos hostias.

»Tengo dieciséis. Estoy sola. Mi madre se fue el fin de semana y me dejó la casa para mí, soy tan responsable, seguro que no hago nada malo. Y es cierto, no haré nada malo porque no tengo a nadie a quien llamar. Buenchico no me mira desde hace un año. Me sé de memoria su número, nunca voy a olvidarme de su número ni cuando sea una viejecita sin dientes, quiero llamarle y decirle ven, me sentaré encima de ti como antes, te cobijaré como a un pájaro enfermo. No lloro porque nadie mira.

»La mañana del sábado pasa lenta, en la nevera hay comida de sobra, todo está limpio y ordenado, no tengo adonde ir ni con quien hablar, es el día más triste de mi vida. Pienso: tengo siete años y el viento de Santander hiela mis ojos secos, mi padre me toma de la cintura y me aprieta y luego me sube en brazos y me habla bajito. Es invierno, un temporal se revienta contra los escollos. Papá me toma firme de la mano, el viento me llevaría si papá no tuviera manos de oso polar, me llevaría y me enredaría en un cordel de tender la ropa, sólo tengo siete años y soy una pluma, papá es plomo. Mamá dice desde el coche queréis dejar de hacer el idiota y subir ya, os vais a empapar, pero papá y yo ni caso, papá y yo aparecemos en los manuales de psiquiatría y nos morimos de miedo y de asombro viendo al océano joderse contra la roca, la misma roca que en verano sirve para bucear alrededor y hacer carreras y perseguir camarones, papá dice que son invisibles debajo del agua, en cuanto sea mayor y pueda llenar mucho los pulmones me meteré dentro-dentro y buscaré una cueva que hay debajo de la roca, en la roca viven dioses pequeñitos, invisibles como camarones. Es invierno. El viento hiela mis ojos secos. Papá, mamá y yo viajamos en coche, nos detenemos en un mirador y hacemos fotos, Santander se ve tan bonito ahí abajo, papá quiere una foto igual en cada sitio, yo me pongo a su izquierda y él me aprieta con su mano de oso, mamá dice sonreíd y hace la foto, la misma foto en Santander y en San Sebastián y en Laredo, papá y mamá han cerrado la tienda durante dos semanas, yo juego en el coche con una maquinita, el juego consiste en cortar troncos, un leñador barbudo tiene que cortar muchos troncos pero los cuervos quieren picarle y aunque lleva un hacha muy pesada no puede defenderse, juego con la maquinita y me quedo dormida en la autopista, yo no lo sé porque soy muy pequeña pero es de noche y sólo alumbran las luces de los burdeles y las ráfagas de los coches que pasan, algunos renaults familiares se detienen».

El Sr. Alto y Locuaz. La Sra. Amable Dos llegó a un acuerdo con Lecu: él se fijaría bien en el color de las pastas del libro, estaría muy atento cuando el profesor dijera página diecisiete, apuntaría cada cosa que el vejete escribiera en la pizarra, igual que si dibujara un jarrón y unas manzanas o los gatos de la azotea de enfrente que tanto le gustaban. Después, con la lista de las páginas y los bocetos, ella recompondría en casa las lecciones y le explicaría todo lo que no hubiera comprendido; es decir, todo.

Pero la Sra. Amable Dos tampoco había sido muy buena estudiante y, aunque llegó a bachillerato y por tanto debería saber mucho de raíces aritméticas y sistema circulatorio, lo cierto es que la masa de polen que fumó durante los años de la furgoneta le quitó un buen filete a su cerebro, reducidito quedó como consomé de asilo, y era divertido ver cómo los dos se hacían tremendo lío con las cuestiones más sencillas, los afluentes del Duero, la clorofila, los estambres, el peristilo de las lilas y las hojas filiformes.

Por eso le pidieron ayuda al Sr. Alto y Locuaz, que tenía la costumbre de venir los jueves y los domingos después del oficio y disfrutaba de lo lindo sentándose a su lado en la terraza, este niño será la metáfora viva del poder del buen Jesús en la Tierra, la resurrección del cordero perdido por el pecado del hombre, ungido y revivido y fortalecido por el titanio de la Palabra Santa, la salvación de su alma maltratada vale más que la de cien, doscientos, trescientos hombrecitos comunes, una dolina es una depresión del terreno, déjame que te lo dibuje en el cuaderno, si la colina es así, la dolina es justo al contrario, y los estambres son como los palitos que salen de dentro de las lilas, y filiforme quiere decir, eeeh, mejor te lo escribo también en el cuaderno, no, en el mismo no, en otro cuaderno, ¿y esto?, ¿tú has dibujado esto?, ¿y qué se supone que es esto, qué se supone que es?

No, aunque la Sra. Amable Dos insistiera el nene aún no estaba preparado para el bautizo neocristiano, el Sr. Alto y Locuaz encontraba en aquellos dibujos demasiadas cosas que no deben pensarse ni siquiera en el visor de ectoplasmas de su cabecita (cuánto no habrían visto sus pequeños ojos, cuánto no habría ocurrido debajo del techo de aquella cueva, de aquella caseta sobre la que la lluvia hacía pic-pic-pic), no podía permitir que un niño con el alma tan sucia entrase a servir al buen Jesús, yo no quiero que sea un apunte en un registro, una partida de bautismo sin más, así nacen y se bautizan los cristianos sinsorgas y mira cómo acaban, mira cómo traicionan el mensaje del buen Jesús, nosotros somos distintos, ¡distintos!, nuestra fuerza no reside en el número ni en el festejo ni en la tradición ni en la basílica ni en la cofradía ni en el rito ni en una cuenta corriente, nuestra fuerza es la autenticidad, la naturaleza honesta y verdadera de todo lo que hacemos, por eso Lecumberri no se bautizará hasta que su alma quede limpia de toda esa mugre cochina.

El Sr. Alto y Locuaz tenía ideas fijas y sólidas como adoquines, y muchas veces como adoquines las lanzaba contra sus enemigos.

Porque el Sr. Alto y Locuaz había formado de la nada un reguero de cristianos fidedignos, sólo un puñado tal vez, pero un puñado que crecerá y propagará por aspersión el mensaje único del buen Jesús. Habrá un neocristiano en cada casa de vecinos, uno en cada oficina, en cada dispensario, un pequeño neocristiano en cada colegio, en cada aula, y luego dos, tres, y pronto muchos más, porque el mensaje es tan robusto que alcanzará a cada corazón que sufre, a cada espíritu que se retuerce y siente que no hay consuelo para su dolor ni trampa que cace a ese gusano que trepa por su garganta, bicho llamado Miedo que al principio sólo es una larva chiquita y luego un reptil gordo cuando ya eres viejo y ves que nada de lo que hiciste sirvió, comer verduras, evitar el tabaco, vigilar el colesterol, hacer ejercicio, nada, el reptil ha crecido, el reptil ya te habita y se alimenta de ti.

El Sr. Alto y Locuaz dijo hermana, cuida de él, transmítele esa fe tan firme que tienes, cuéntale muchas veces tu historia, hazle saber que naciste en la misma olla podrida y que después resucitaste, y deja que yo me encargue de ir limpiando su alma con el cedazo, convertiré a este niño en una nueva criatura que ame a Jesús y a la que Jesús pueda amar sin mancha.

Pero la Sra. Amable Dos no entendía nada, ella seguía viendo en el chico el mismo color de nácar que le cegaba cuando se sentaban en la terraza y se apretaba la sien para aprenderse la tabla de multiplicar, no entendía nada.

Interludio. Zzzummm, salto en el tiempo para encontrar el origen del Sr. Alto y Locuaz, igual que en aquellos números especiales de la Patrulla X, «los poderes telepáticos de Jean Grey, la Chica Marvel, se manifestaron por primera vez a la edad de diez años cuando su amiga Annie Richardson fue atropellada por un coche. Annie agonizaba en el hospital y la pequeña Jean se conectó instintivamente con la mente de su amiga en el instante preciso en el que ésta expiraba». Pero no temáis, niños, que nos hundamos en el tipismo guerracivilesco y comiencen a derramarse palabras como vicetiple, gasógeno, pan con chocolate y medias de cristal. Permitamos un solo desliz léxico, y si el lector prefiere seguirles la pista a Lecu y a Magui bien puede saltar hasta la próxima negrita. Zzzummm, cuatro, cinco décadas atrás:

Si el Sr. Alto y Locuaz hubiera nacido en el *Far West* de los tebeos de Bruguera, ahora sabría montar a caballo, disparar un rifle, desollar un búfalo y fabricar una casa de madera, porque al Sr. Alto y Locuaz le tocó en suerte una infancia cruel y desventurada, muy lejos de los algodones de los niños benditos. Pero en lugar de en la Norteamérica salvaje, qué lástima, le dio por nacer en la tristísima España de posguerra, siendo además el hijo famélico de un miliciano paseado, que para el caso era lo mismo que decir hijo de perra o hijo de nada o hijo de (aquí viene el desliz) inclusa, donde su madre, viuda y jovencita y sin esquina en la que mendigar, lo dejó para que sobreviviera otro invierno, pobre, pobre Huckleberry, todo lo tuvo que aprender demasiado pronto.

Con los primeros fríos del 41 [música de teleserie], plantaron al pequeño Sr. Alto y Locuaz en la puerta de la inclusa cuando no tenía ni cinco añitos. [Plano cenital desolador] Allí no aprendería a cabalgar a la india sino a leer y a escribir, a dividir y a multiplicar, a hacerse fuerte a hostias y a llorar en el lavabo una pena compartida por todos los que en ese lugar se puteaban sin conciencia de clase ni solidaridad de derrotado. [Primer plano lastimoso] No le enseñaron las monjas a levantar un cobertizo en el bosque sino a confiar en la compasión de Jesús y en una remuneración post mórtem que compensara la ventisca diaria. Pero el pequeño Sr. Alto y Locuaz no tenía paciencia para esperar una indemnización tan lejana y pensó que, estando en paz con Dios, lo mejor sería currárselo en esta vida antes que aguardar un contrarresto tan intangible.

Desde que un domingo escuchó el Evangelio de las Bienaventuranzas, ya llevaba al buen Jesús en el corazón con sincero fervor, aunque muy distinto le pareciera ese hombre bueno de la montaña a la figurita pelada de pan de oro que lo bendecía desde el altar. Realmente era complicado adorar la purpurina de la misa y al mismo tiempo taparse la nariz con la poca chicha que se calentaba en aquellas ollas gigantes como bañeras que las cocineras fregaban en el patio, no había manera de mantener la ilusión celestial, nunca se le saltó un punto al bordado de la Virgen de la Caridad y en cambio sus calcetines parecían un hormiguero. Bienaventurados los perseguidos, bienaventurados los desconsolados, bienaventurados los mansos. *Desconsolados,* se entiende. *Mansos* también se entiende. Pero ¿*mansos* y *perseguidos?* ¿Quién persigue al manso, si es el que no huye, el cabestro al que enseñaron a aguantar la vara? Y sin embargo —piensa el jovencito— los bravos obedecen al cabestro antes que a la estaca del vaquero... Le pareció una parábola clarividente.

A pesar de sus contradicciones, el pequeño Sr. Alto y Locuaz tuvo muy claro que iba para cura, y se lo propuso firme y apretó duro en los estudios, fue obediente y muy sumiso como se mandaba, y cuando le preguntaban qué quieres ser de mayor él respondía quiero ser Príncipe de la Iglesia, con ese tonito que tantos réditos le proporcionaría después. Pero un inclusero... Un inclusero que en la sangre llevaba el recado maligno de un padre miliciano... ¡Cómo iba a ser nada en la vida! ¡Príncipe de la Iglesia! ¡Ja!

El capellán de una guarnición cercana venía a verlos con frecuencia como quien pasa revista a una tropa. Las monjas procuraban adivinar el día de la visita para limpiarles las orejas a los niños y esconder en la alacena a las cocineras, que eran rudas y ordinarias como recua, pero el capellán siempre andaba de un lado a otro con sus asuntos y era dificilísimo seguirle la pista, y por eso apostaron en el segundo piso a una novicia de buena voz que cuando avistaba en la acera aquella sotana cortada a lo militar arriaba un bemol por la escalera que hacía que las demás se pusieran como locas a guardar y adecentar lo que tiempo les diera.

Le gustaba al capellán sentarse al fresco en el patio de las glicinas. Allí se tomaba un jerez que las hermanitas le ofrecían con hospitalidad y que primero rechazaba con recato, luego sonreía, ellas se encandilaban e insistían y él les hacía el favor de aceptar la copita pero sólo una, ¿eh?, y pedía de paso que le trajeran algunos niños para hacerles unas preguntas. Las monjas temblaban de miedo y, como espulgando las lentejas, corrían a escoger a los más blancos y obedientes, aunque era difícil encontrar en aquel lumpen infantil de calamidades alguno que diera el pego. En la terna casi siempre salía elegido el pequeño Sr. Alto y Locuaz, al que el capellán estrechaba la mano, ¿otra vez tú?, estas pájaras no se fían de otro, murmuraba con complicidad.

Con los repetidos escrutinios fue convirtiéndose el pequeño Sr. Alto y Locuaz no sólo en el favorito de sus cuidadoras sino también del propio capellán, que iba enrevesando las preguntas y ya mezclaba el dogma con el álgebra y la geografía. El crío se picaba con el envite y durante la semana estudiaba en la litera mientras los demás dormían la siesta. Los días se hacían laaargos si el examinador demoraba la visita, tú qué quieres ser de mayor, preguntaba el cura, yo quiero ser Príncipe de la Iglesia de Roma, y todos se reían del disparate, ¡nada menos que de Roma!, se chuflaban, bueno, bueno, también se puede servir a Dios siendo algo más pequeño, ¿eh?, recuerda que la soberbia es uno de los siete pecados capitales, pero si te empeñas y estudias mucho-muchísimo serás príncipe y papa de Roma, claro que sí.

Estimulado de este modo y creyéndose listo y distinto, creció el niño inclusero con la convicción de que sólo de su esfuerzo dependía su futuro, y cuando le llegó la hora de dejar el hospicio se pegó de bruces contra la losa del verídico álgebra al darse cuenta de que no tenía ni para pagarse un cuartucho en el seminario. El mundo estaba lleno de niños protegidos por sus papás, enchufados en empleos de buenos salarios, prometidos desde chicos con nenas rubias con las que tendrán hijos sanotes, y esos hijos sanotes estudiarán a su vez en colegios muy caros y se prometerán con otras nenas rubias y etcétera. A los que no tenían ningún colchoncito de clase que amortiguara la caída no les quedaba más que rasparse las mejillas y pelarse las manos a fuerza de madrugones; y a las rubias ni mirarlas, claro.

Así que tuvo que olvidarse de la gramática latina e iniciarse en la parda, y a instancias de las monjas entró de aprendiz en un taller de encuadernación, ellas felicísimas por haber sacado adelante a uno de esos pobres chiquillos que llegaban hechos un cristo al orfanato [aquí música de lágrima contenida], una verdadera labor cristiana, sí señor, no dejes de venir a vernos de cuando en cuando y escríbenos una carta con esa letra tan preciosa que tienes, muac.

Alquiló un cuarto con el adelanto del taller, aprendió el oficio, siguió obedeciendo y aplicándose delante de nuevos amos, visitó a las monjitas durante las primeras semanas y luego dejó de hacerlo porque al salir del trabajo comenzó a entrar en los bares y en las tabernas, y allí conoció a las chavalas que anidaban en la barra, y bares y chavalas no eran compatibles con monjas.

Tenía suerte, todas las chicas le hacían caso, guapote y robusto como había salido, cualquiera diría que criado entre pecho de miliciana y puchero de hospicio. Su sueldecito de aprendiz le daba para muy pocos caprichos, algún cine, un libro, una camisa nueva, pero la mayor parte se iba en pagar el alquiler, la comida y el bar. Las chavalas, a veces, lo besaban en la boca aunque no tuviera un duro.

Vivió esos años con inercia y abulia. Se acostumbró a un trabajo fácil y mecánico, a no pensar demasiado, a salir y a beber y a reír y a dejarse gustar, no albergaba ilusión por casarse con ninguna de esas pobretonas que tenían una ropa puesta y otra lavada, y sentía que el tiempo pasaba con una lentitud fastidiosa. Si alguien le propusiera, fantaseaba a veces, algo disparatado como embarcarse a Argentina o irse de misiones o fundar un partido clandestino o pegarle fuego a la Gobernación, lo habría hecho entusiasmado. Los domingos seguía yendo a misa de doce, cada vez con un poquito más de rabia.

Pero sucedió [aquí música de tachín-tachán] que un día oyó hablar de una iglesia cercana donde la policía había entrado con malos modos [ruido de libracos y sillas al caer], conteniéndose de hincharle la cara al párroco pero no de darle dos empellones por rojo subversivo, un cura que pasaba por ser uno de esos que llevaban chaleco de punto en vez de sotana y se saltaban la liturgia [los rojos como usted, padre, no aprenden hasta que no se les da matarile], y eso no gustaba nada en el obispado ni en la político-social. Recordad, niños, que entonces había mucha escasez de espíritu y mucho colmillo contra un señor que redondeaba las monedas con su calvicie, y en medio de esa carestía de ánimo algunos curas zarrapastrosos sintieron la picazón del aburrimiento mortal y, aunque sólo fuera por entretener la espera, se pusieron a decir contrariedades, seguro que habéis visto algo de esto en alguna teleserie melancólica.

Cuando el joven Sr. Alto y Locuaz escuchó la historieta, sintió el alfilerazo de la curiosidad. El domingo siguiente, sin pensar mucho en lo que hacía, se levantó tarde y echó a caminar hacia ninguna parte. Bien conducidos o no, sus pasos fueron a dar con la parroquia aquella. Se dejó llevar y entró cuando la misa ya mediaba.

La iglesia era apenas una barraca con techo de uralita pero estaba tan limpia y bien iluminada que transmitía la serenidad de una nave románica. En el altar no había más que una cruz con un cristo mal tallado al lado de una virgen al óleo que parecía un icono ortodoxo. No vio celda de confesionario ni reclinatorios, y en cambio sí muchas sillas normales, como de sala de estar, y ventiladores de pie y avisos en las paredes.

La homilía le causó un efecto hondísimo. Las palabras de aquel curilla modernete, sus manos locuaces y su sonrisa abierta se alejaban tanto de las copitas de jerez del capellán y del oropel de la Virgen de la Caridad que el joven Sr. Alto y Locuaz se sentía transportado a Galilea, se veía a sí mismo en un pedregal haciendo corro en torno al buen Jesús, casi percibía el olor a leche de cabra, a sandalia, piel de cordero, persecución romana y glorioso triunfo, como si lo tuviera delante, exacto, como si tuviera delante al Mesías o al menos a Juan el Bautista.

¿No quiso ser sacerdote desde niño? ¿No había leído con hondura y aprovechamiento tanto salmo, tanta carta a, tanto eclesiastés? ¿No entendió su cabeza de niño inclusero que todo eso serviría para distinguirlo, fortalecerlo, convertirlo en valioso y singular? Era un miserable, bien; no tenía a nadie que le pidiera cuentas, bien; nadie esperaba nada de él, bien; era, por tanto, libre, *libre,* y podía renunciar fácilmente a su cuartito, a su trabajo, a las chicas gastadas y a las novelas de Bruguera en las que sí que se escupía en una lata y se despellejaban búfalos; podía renunciar a todo eso sin dañar a nadie y dejar a un lado el curso cotidiano de las cosas anodinas y convertirse en un verdadero y primitivo *cristiano,* un primitivo *cristiano* de orejas enjabonadas, un *cristiano* endurecido por la vida fea del feo mundo que le tocó en suerte, pero renacido al fin en el convencimiento de que el buen Jesús tenía un cometido para él.

Para él.

Ni siquiera se dio cuenta de que el curilla dijo podéis ir en paz. El joven Sr. Alto y Locuaz permaneció en su silla de sala de estar, mirando las macetas, los ventiladores y los avisos de las paredes mientras una luz imprecisa caía de la techumbre; una luz que tenía dedos suaves y que le masajeaba el bulbo raquídeo diciendo: hay un lugar como éste esperando a que tú lo habites.

De la sacristía salió con prisa el curilla, casi le da un pasmo al ver allí sentado a ese idiota con cara de Teresita de Jesús, ¿se encuentra usted bien?, iba a cerrar, ¿necesita algo?

Y dijo el idiota: sí, necesito algo.

Necesito ser cristiano.

Ser cristiano, repitió el curilla, sentándose afablemente a su lado. Pero ¿no está usted bautizado?, y el idiota asintió con el mentón, entonces es usted cristiano ante la Iglesia y ante Dios.

No, no, no. Yo quiero ser un cristiano *de verdad*.

Uno como usted.

Uno que viva en un lugar como éste y diga lo que usted dice.

El curilla lo miró con extrañeza pensando que le tomaba el pelo, pero luego le puso una mano en el hombro y dijo: bien, pues comience a vivir como Jesús pidió que hiciéramos, y piense y medite y deje de hacer las cosas que a Jesús no le gustaría que usted hiciera, seguro que así se convertirá en un cristiano de los buenos.

El retruécano debió de parecerle un aforismo agudísimo al jovencito Sr. Alto y Locuaz, que se atrevió a levantarse de su silla y a abandonar los dedos de luz que le mariposeaban los hombros. Conmovido, abrazó al cura modernete y salió de la iglesia henchido de misticismo y de propósitos de futuro.

Un futuro que, se dijo, esta vez sólo dependería de su convicción y del buen Jesús, sin que el mundo y sus obstáculos le importaran un higo.

Porque todos los cambios son de algún modo un viaje y porque resulta más sencillo hacer mudanza hacia fuera que hacia dentro, el Sr. Alto y Locuaz pensó que debía macharse de la ciudad. Pagó su deuda en la pensión, dio el aviso en el trabajo y, sin despedirse de las señoritas gastadas, se fue. Le habría gustado hacer una larga travesía en un ferrocarril humeante que cruzara a brincos una estepa interminable, anotar en su cuaderno impresiones del paisaje, descubrir el reflejo del alma humana en la aridez de la llanura y en los rostros humildes, etcétera, pero sus ahorros sólo alcanzaban para un billete de autobús y aunque no había ninguna épica en hacer tres horas de carretera hacia una ciudad mediana se dijo tal vez el buen Jesús quiera eso de mí. Y así lo hizo pero al salir cayó en la cuenta de que en su equipaje no había, ah, no había ni siquiera una biblia. ¿Cómo iba a emprender un viaje como ése sin una biblia? ¿Cómo llegar a la estación sin una en el pecho? ¿Cómo dormir la primera noche en su nuevo cuartucho sin una? ¿Cómo hablarles del camino del buen Jesús a los desdichados sin apretar una biblia magullada y amarilla entre los dedos? Cargando ya su maleta, se detuvo en una librería.

La biblia que aparecía en el visor del joven Sr. Alto y Locuaz tenía las cubiertas de piel, el lomo dorado, las páginas delgadas y ocres y varios hilos de color que servían de guía. La que le ofrecieron en la librería, en cambio, tenía las pastas de cartón, un dibujo piadoso en la portada y nada de hilos ni de dorados; y estaba, además, recién impresa, nuevecita, sin marcas ni dobleces, acabadita de salir del carro de tinta. Qué contrariedad. No quedaba mucho para la hora del autobús, así que tuvo que conformarse con aquélla, y ya en el apeadero, esperando a que abrieran el portaequipajes, se concentró en doblarla y arrugarla y sobarla, y en su asiento fue anotando cosas en los márgenes con un lápiz, encerrando versículos entre corchetes, trazando círculos, desperdigando admiraciones y referencias, Corintios-12, Gálatas-7, como si fueran resultados deportivos. Cuando después de esas tres arduas horas de erudición llegó a Ciudad Mediana, el libro tenía la pinta de haber sido arrollado por el ejército soviético. Ah, se dijo, ésta sí que es la biblia de un *verdadero cristiano*.

Buscó una pensioncita sucia y barata porque era lo que se esperaba de un verdadero cristiano, fue rechazando algunas observando la mugre de las cortinas y, cuando encontró unas realmente pringosas, entró a preguntar. Quisieron saber si va usted a pasar muchas noches aquí. Él se encogió de hombros.

La habitación era justo lo que esperaba: un colchón de papel sobre una tabla, una mesa y una silla. El baño malolía al final del pasillo. Perfecto. Durmió como un bendito y a la mañana siguiente salió a pasear. La ciudad le pareció vulgar e hipnotizada. Las aceras estaban desiertas como si fuera un domingo de agosto, pero era lunes y refrescaba marzo y no habían dado las diez. Preguntó a un viandante si era día de fiesta o algo parecido. El hombre lo miró sin musitar y siguió de largo.

Se alejó del centro buscando un barrio miserable donde las moscas se comieran los ojos de los niños, las madres cargaran criaturas en la cadera, los hombres se embrutecieran en la cantina de la fábrica, todo eso. Desafortunadamente, sólo encontró una clase media aletargada que poblaba bloques de pisos monótonos. Al pasar por una comisaría, vio a los guardias jugando al cinquillo.

Desalentado, entró en la iglesia más triste y vacía de fanfarria que vio. El párroco era un hombrecillo cascado, y los feligreses, ancianos y pocos. El buen Jesús no quiere atajos para mí, pensó, el buen Jesús inventa obstáculos para probar mi tesón y mi obediencia, se dijo, pero seré constante, seré firme y constante como blablá. Oyó la misa y esperó a que todos se fueran.

Al rato, con los codos en el altar y en pantalones y alpargatas, el viejo cura intentaba ajustar cualquier cosa en el casco de una bombilla ayudándose de unos alicates y haciendo tantos esfuerzos que la bombilla eran sus mejillas, encendidas como filamento.

El intrépido Sr. Alto y Locuaz saludó.
Buenos días.
Buenos días.

Y se quedó en silencio, con su mejor cara de idiota.

¿Quería confesarse?

Sí, confesarme.

Y sin decir más, el Cura Cascado rezongó hasta la sacristía y regresó al punto con la sotana y la estola mal encajadas.

Ave María Purísima,

sin pecado concebida.

Padre, yo quiero servir a Dios, quiero ser un buen soldado de Dios, pero no sé cómo hacerlo.

Quieres servir a Dios.

Sí, padre, yo veo que el mundo necesita la palabra de Dios, que la palabra de Dios atraviese todo lo oscuro y cambie todas las cosas y que la gente cambie y todo cambie, las casas, los coches, las calles, todo.

El mundo está bien como está, no hace falta tanto alboroto.

Pero, padre, yo veo que hay egoísmo y dolor y mentira en todas partes, nadie vive con sinceridad, han olvidado el mensaje de Cristo.

La gente vive decentemente, viene más o menos a misa y cumple más o menos con los mandamientos, hay algún descarriado pero eso ha ocurrido siempre, no todos van a ser angelitos, ¿eh? ¿Era eso lo que querías contarme? Ea, pues yo te absuelvo en el nom...

No, padre, espere.

Y entonces le contó lloriqueando que no tenía a nadie en el mundo, ni familia ni amigos ni nadie, y que sólo quería buscar un trabajo y ayudar en la parroquia, ayudar en lo que fuera, podía serle útil, no sé adónde ir...

El Cura Cascado no tenía costumbre de escuchar las lágrimas de nadie, esos pitos, esos ayes, esos mocos sorbidos, nada de eso solía aparecer por la celdita de su confesionario, sólo el relato esterilizado de veniales y capitales, nadie llegaba allá para contar nada verdadero sino para obtener un certificado que les permitiera seguir pecando hasta la próxima confesión.

Eres un jovencito bastante raro, ¿eh?, aquí no hay mucha faena que hacer, yo solo me apaño, pero si quieres vente mañana y ya veremos, en el barrio hay talleres de mecánica y de carpintería, pregunta por ahí, a lo mejor necesitan a alguien, y luego está la casa de socorro donde por las tardes dan café y galletas, justo detrás, hala, yo te absuelvo en el nombre del Padre, del Hijo y etcétera.

Al día siguiente, el joven Sr. Alto y Locuaz regresó a la parroquia y le contó al Cura Cascado que había encontrado trabajo en un taller de chapa, estaría un mes a prueba sin cobrar, sin cobrar es lo justo, dijo el Cura Cascado, ¿ves como en esta ciudad todo transcurre normalmente?, el que quiere trabajar, trabaja, y al que no, le sobra tiempo para hacer el vago.

El Cura Cascado le pidió ayuda para descolgar unos altavoces a los que quería pasar el polvo y, de paso, arreglar unas clavijas que no hacían contacto. El Cura Cascado siempre andaba apañando transistores, calentadores de agua, cisternas, llaves de paso. Mientras se afanaban le hizo algunas preguntas sobre la doctrina. Tuvo suerte, el joven Sr. Alto y Locuaz estaba entrenado en eso, no me vendrás con modernuras, ¿eh?, aquí el único credo que vale es la de la Madre Iglesia, y al que no le guste que se haga moro, toda esa farfolla de la liberación es un cuerno frito, los jesuitas siempre se las dieron de importantes, y lo importante de verdad es la misa de los domingos y los sacramentos, ¿eh?, tú no serás uno de esos jipis, ¿eh?

No, padre, yo creo en las mismas cosas que usted, en lo de toda la vida.

Eso, lo de toda la vida.

Y fue así como el Sr. Alto y Locuaz comprendió que si quería prosperar en la empresa tenía que adaptarse a lo que tocaba y guardar las ideas de la parroquia de uralita para más adelante. Entonces, dijo el Cura Cascado, me parece que sí que hay algo en lo que puedes servir a Dios, mira, dentro de un mes empieza la catequesis de la confirmación, y a mi edad ya me agota tratar con adolescentes, no me sale como antes, son buenos chicos, no digo que no, pero se me han hecho demasiado mayores o yo demasiado viejo, si tú quieres podías probar, ¿eh?, a ver qué tal te desenvuelves, a mí me harías un favor, qué me dices.

Y en ese momento, mientras pelaba el cable de los altavoces con un alicate, el Sr. Alto y Locuaz sintió que se asentaba el primer adoquín, si no la primera piedra, de la Idea Neocristiana, y ya casi se veía a sí mismo convertido en Profeta Fundador, y le llegó un olor raro a pelo de camello y leche de cabra.

Eran nueve chicos de barrio, cinco chicas y cuatro chicos, ellos amables y poca cosa, ellas sonrientes y calladitas, de familias currantes. Algunos terminaban el bachillerato, querían hacer el preu aunque sabían que sus padres no podrían enviarlos a estudiar fuera y se conformaban con acabar el curso, entrar en cualquier puestito en el que pudieran ir prosperando, casarse, tener hijos, alquilar en verano un apartamento en la playa, eso sería fabuloso. Otros ya habían dejado los estudios y ahora ayudaban en casa o buscaban cualquier cosa, eran jóvenes, casi niños, no había demasiada prisa. Sobre el mendrugo de esa vida lánguida, las palabras del Sr. Alto y Locuaz comenzaron a derramarse como un corrosivo.

El primer día les leyó a lo bruto unos versículos de los Hechos de los Apóstoles. Había pasado la noche en blanco sobando y resobando su biblia y anotando fragmentos que fueran aguijonazos. Las ojeras le llegaban al suelo y una nube se le había posado en la frente, no se enteraba muy bien de lo que decía pero el sueño y la pesadez le prestaron una ronquera seductora:

«Todos pensaban y sentían de la misma manera. Ninguno decía que sus cosas fueran sólo suyas, sino que todo era de todos. No había entre ellos ningún necesitado, porque quienes poseían terrenos o casas los vendían, y el dinero lo ponían a disposición de los apóstoles para repartirlo según las necesidades de cada uno. Eran circuncisos y respetaban la ley vieja y la alianza de Abraham, pero se regocijaban de haber sido ungidos por una ligadura más firme. Educaban a sus hijos en la misma fe, los bautizaban y consideraban que en cada niño se posaba el soplo de Jesús, el Cristo que venció a la muerte y cuyo regreso anhelaban como se espera en el umbral la llegada de un amigo con el candil encendido». Hechos 4, 32-37.

Las palabras del joven Sr. Alto y Locuaz se deslizaron por el terreno fértil de los nueve flequillos, escapándose de su boca como el verso de un actor que lo tiene aprendido de ruta. Les contó muchas cosas sobre la vida arriesgada de los primeros cristianos, sobre el entusiasmo con el que vivían en las primitivas comunidades y sobre la convicción con la que renunciaban a cualquier grillete que los alejara de la verdad del buen Jesús. Renunciaban a sus bienes, a sus vestidos y a su familia, a sus esposas, a sus maridos, incluso a los hijos, a todos los que no reconocieran en Jesús de Nazareth al Cristo que la Escritura había anunciado. *Hace falta estar ciego, tener en los ojos raspaduras de vidrio, cal viva, arena hirviendo,* y sin embargo, decía el joven Sr. Alto y Locuaz, sin embargo el tiempo ha pasado y aunque la palabra es imperecedera y nada puede borrarla, los hijos de Jesús ya no viven como si esperaran la llegada de un amigo, encendido el candil y los ojos en la negrura, ya no sonríen ni bailan ni se felicitan por compartir esa ligazón, ya nadie distingue un cristiano de uno que no lo es y nadie sabe qué cosa es ser cristiano, ya sólo quedan cristianos de sello y partida bautismal, aunque vengan a misa y cumplan penitencia no son otra cosa, sus vidas están vacías, se conducen como ganado hacia el mismo destino, la misma llanura, hace falta estar ciego *para no ver la luz que salta en nuestro actos, que ilumina por dentro nuestra lengua, nuestra diaria palabra.*

¿De dónde provenía su elocuencia? ¿Era su aspecto robusto y vigoroso el ingrediente que acentuaba aquellas palabras? ¿Había sido tocado por un angelote, le había crecido un evangelista en la tripa, era un acto de ventriloquia? Puede, pero lo cierto es que la tarde anterior, al salir del taller de chapa, un muchacho que miraba con susto a izquierda y derecha le había dado una octavilla con un poema impreso y debajo un escudo con una especie de herramienta mal grabada. Lo leyó despacio sentado en un banco y le causó una impresión honda: *hace falta querer morir sin estela de gloria y alegría,* esto mismo pienso yo, *sin participación de los himnos futuros,* es decir, nada, *sin recuerdo en los hombres que juzguen el pasado sombrío de la tierra,* la palabra exacta, justo, *hace falta querer ya en vida ser pasado,* no saber que el minuto sobre el que te posas es *obstáculo sangriento* que te impide ver esa *cosa muerta,* ese *seco olvido* del pasado que no dejas atrás. Justo eso, qué grande este poeta, qué buen cristiano debió de ser, pensó, y buscó con los ojos al chaval de la octavilla pero ya se había desvanecido.

De modo que la primera célula, el zigoto del organismo neocristiano, ya había sido concebida. Nueve y él diez, no es mala cifra, cifra redonda, cifra de cábala, doce parecería hecho adrede, así podrán decir *al principio no eran más de diez, pero tan enérgicos y apasionados que cada uno tenía la fuerza de otros diez,* esto debería apuntarlo en alguna parte, se dijo, y ya de vuelta al cuartucho, con la energía de aquel primer triunfo ensanchándole el visor, entró en una papelería, compró tres cuadernos y una caja de bolígrafos, *bic-naranja-escribe-fino-bic-cristal-escribe-normal*, y en el cuartucho, arrugado sobre la cama, comenzó sin plan a escribir lo primero que se le venía a la mente, y resultó que se le venían muchas cosas seguidas y no le daba tiempo a apuntarlo todo y le gustaría saber escribir con las dos manos para poder rellenar dos cuadernos al tiempo y nunca, nunca había sentido esa euforia, esa clarividencia, y se preguntaba si no sería la palabra de Dios buscando un emisario, un escriba que copiara al dictado lo que el buen Jesús quería que anotase, pero luego pensó que el buen Jesús habría elegido un bolígrafo y un papel distintos, le parecía vulgar y profano estar tirado en la cama en calzoncillos escribiendo al dictado de Jesús, seguro que Jesús habría preferido otro escenario, una cueva, un roquedo, un llano de arenisca, una columna de estilita. Decidió no contarles nada de eso a los chicos, era demasiado pronto, no quería que lo tomaron por loco, sólo son unos críos, ya habrá tiempo, ya habrá tiempo de explicarles que.

Los días siguientes fueron veloces. La energía del joven Sr. Alto y Locuaz se transmitió a los nueve, y los Nueve ya miraban con adoración al joven Sr. Alto y Locuaz. Claro que las chicas sentían cierto deseo y claro que una pizca de aspereza provocaba eso en los chicos, pero por encima de la hormona y la pequeña rivalidad se sobreponía la fuerza del espíritu que el Sr. Alto y Locuaz segregaba. Ignoraban, pobres, que aquello que parecía tan meditado la mayor parte de las veces era una improvisación, y que en realidad el Sr. Alto y Locuaz no sabía nada de los primitivos cristianos ni de ninguna otra cosa, aunque sólo por la inventiva ya tenía mérito.

Los Nueve ya eran corderos entusiastas, y el Sr. Alto y Locuaz, su pastor visionario. Cualquier cosa que dijera, cualquier idea que propusiera (rubita, ponte así) habría sido aceptada de inmediato. Para empezar sólo propuso que escucharan juntos algunas canciones de los Beatles y que alguien trajera una guitarra, a ver si se les ocurría alguna versión para la misa del sábado. Los bailecitos, las acampadas y las veladas vendrían después a formar el rudimento de la liturgia neocristiana que tanto molestaría al Cura Cascado, a quien, por suerte, le diagnosticaron un cáncer letal, ni siquiera le alcanzó para celebrar la confirmación. En las peticiones la rubita oró por su alma, para que su recuerdo permanezca en todos nosotros, roguemos al Señor, te alabamos, óyenos.

Del obispado enviaron como reemplazo a un curilla tímido, y la cosa le vino de perlas al joven Sr. Alto y Locuaz, que aprovechó su endeblez para hacerse enseguida con el dominio de la parroquia, primer baluarte de la colonia neocristiana, je. Ya no tenía reparo en montar sus tinglados en la misa del sábado y poner avisos y comprar macetas y vestir jerséis de punto, qué extraordinario golpe de suerte, habría que ir pensando en sustituir esa aburrida bóveda de cañón por una techumbre de uralita. El resto vino despacio, sin mucho alboroto. Los Nueve crecieron, leyeron mucho, hablaron mucho, se abrazaron y se besaron muchas veces y prometieron que no se separarían nunca, nunca, igual que en *Torres de Malory,* pero en este caso era el buen Jesús quien se plantaba en medio de ellos y no el perrillo Tim con el hocico manchado de mantequilla de cacahuete, perro malo, perro travieso.

Plano general, espacio vacío, tal vez interior oscuro o exterior refulgente: la silueta del Sr. Alto y Locuaz alejándose, la cámara detenida, un murmullo en la sala, fundido y fin del interludio.

Recreo. En el recreo, el nene Lecu masticaba su bocadillo sin decir una palabra cuando se le acercó un chaval con la camisa remangada, eh, ¿juegas o no?, y el nene Lecu no sabía de qué juego hablaba pero dijo que sí y terminó su bocadillo y entonces se vio en medio de una barahúnda de muchachos que perseguían un balón en un campo de tierra, y comprendió que no se trataba de lanzar patadas alrededor porque si lo hacía todos se enfadaban mucho y de alguna parte salió un balón durísimo como un proyectil que se estrelló contra su nariz, el profesor vejete tuvo que llenarle los orificios de algodones, ya está, muchacho, vuelve a la batalla y dile al que te pegó que se ande con cuidado, no me ha pegado nadie, ya, claro, nadie, el profesor vejete sabía que las broncas eran frecuentes pero no le parecía malo, están amariconados estos chavales, así se forja un carácter, decía eso y muchas tonterías más. Los matones no se atrevían con Lecu porque el nene aún conservaba esa pinta de lunático, de chiflado que es capaz de sacarte los ojos con un lápiz, nadie se le acercaba ni para retarle ni para hacerle reír ni para pedirle una goma, Lecumberri era el tío más raro del colegio, a mí me da miedo, es igual que ese chaval de séptimo, la misma cara de colgado, ahora se sientan juntos a comerse el bocadillo como pequeños maniacos, están pirados, seguro que tienen una cabeza de mono metida en formol. Se hicieron amigos, más o menos amigos, aunque Lecu estaba en cuarto y el otro era de séptimo, era extraño que uno de séptimo hablara siquiera con uno de cuarto pero una vez Lecu le enseñó el librillo que decía *el comandante abrió la camisa plateada de Nil y la luz de la cabina iluminó sus senos azules, hermosos y fuertes, coronados por areolas de intenso color granate,* se metieron en los lavabos y tardaron un rato en salir y desde entonces el de séptimo siempre lo buscaba en el patio, se sentaban al sol y masticaban sus bocadillos en silencio.

Al principio Magui también andaba sola en el recreo. Cuando nacieron los dos pechitos en su camiseta y en las mejillas esos brochazos rosas, apareció a su alrededor una corte de pajilleros pero lo normal era que ninguno le dijera nada, habría que esperar algún tiempo para que comenzaran a acercarse y a decirle eh-uh y después algo un poco más inteligible y más adelante los besos y todo lo que sigue a los besos. Aun así, con chicos aleteando o no junto a ella, Magui siempre estaba sola, y si no lo estaba de veras se sentía como si lo estuviera y caminase por Oxford Street con un gatito muerto en los brazos, los señores grises la zarandean, ella llora, nadie le hace caso como en la viñeta de un cuento ilustrado que su mamá le regaló en Navidad, la primera Navidad que pasaron sin papá y sin las tías y sin las primas. Como no tenía hermanas, Magui había albergado la ilusión de que las primas de la ciudad serían una especie de hermanitas en préstamo a las que confiar sus primeros asuntos sentimentales, pero la zanja de aislamiento que abrió su mamá hizo que también eso se desvaneciera, ya no le quedaba nada, las manos vacías, el cuarto cerrado, el teléfono sonando de mentira, la siemprencendida reflejada en el espejo. Por otra parte, esas primitas suyas eran unas pijoteras llenas de remilgos, Magui-la-palurda-de-pueblo-qué-se-cree, así que se ahorró una buena porción de disgustos, de un mordisco le habrían arrancado la cabeza al gatito triste ese par de putas, envidiosas como estarían de sus pechitos y del brochazo de las mejillas, muy.

De manera que Magui sólo tenía a su mamá en el mundo, yo sólo te tengo a ti, y por eso se sintió tan rara cuando ella se echó novio, y por eso montó en cólera y rompió cosas y dijo palabras que una niña buena no dice, por eso. Y muy pronto dejó de ser una niña buena.

Por ejemplo:

No sirve para decir *plural*. Amanecía en Bellecastle. Era un día frío y crujiente, sin un gramo de ese viento hediondo que a veces soplaba desde los cultivos de la ladera. Los hortelanos, a los que de tanto arar la tierra escalonada les acababa creciendo una pierna más que la otra, ya se afanaban en enderezar las lechugas, cansadas de erguirse ellas solas en las terrazas, las manos se volvían de cuero, los carrillos se les pintaban de frambuesa por culpa de la helada y también del tazón de vino y migas que se habían desayunado. Las mejillas de Lady Margaret también parecían dos frambuesas pero ni era por el vino (tan pequeña y modosa, cómo iba) ni por el migajón (en su estomaguito ese engrudo, cómo pensarlo); no, encendidos como los labriegos de las terrazas estaban los mofletes de Lady Margaret pero el motivo de su rubor era muy distinto.

El motivo era: sentada sobre la losa del aseo, la pequeña Lady Margaret —los cabellos de oro, los dientes de marfil y todas esas cosas— introducía un tubito de desodorante en su vagina, sus mejillas, mágicamente, se encarnaban como si hiciera clic en un interruptor que sólo ella conocía y que se encontraba muy, muy adentro. Con el pequeño inconveniente de que era menor de edad y de que la pornografía, aun tan bella y delicada, no estaba demasiado bien vista en la VHF de entonces, aquel cromo habría sido una excelente imagen promocional para el producto.

Ni las ocho daban cuando así de entretenida comenzaba la jornada de la joven Lady Margaret en Bellecastle, toda arrebol y colorete y agua de colonia detrás de las orejas. Se vistió y comprobó el resultado en el espejo (pero si eres tan linda, para qué), y luego bajó las escaleras, besó a su madre y salió de casa. Tenía trece años, estudiaba en el colegio de los niños lelos, cumplía al punto cada obligación nueva que los mayores se inventaban y, después, en la losa del aseo, sus dedos hacían que nada tuviera mucha importancia. Lady Margaret había descubierto que, a diferencia de lo que le ocurría al nene y a su compadrito de séptimo, aquellos instantes podían estiraaarse y complicarse y agudizarse con sólo imaginar cosas que si mami conociera sufriría un ataque; por el contrario, el nene Lecu evitaba pensar en nada para que aquello tan divertido no acabase enseguida.

Aunque ninguno habría dicho que era *divertido*.
Divertido no era la palabra.
Era, quizá, inevitable.
Era quemazón y mancha y tenso reducto.
No divertido, no risas, no alivio, no solución a nada.
Pero tampoco culpa, eso ya lo compartían el nene Lecu y la niña Magui, precoces: ni los suaves esfuerzos de mami ni el repertorio elaborado del Sr. Alto y Locuaz habían logrado que ninguno se sintiera culpable de lo que hacía. Es decir, el nene Lecu ya se masturbaba sin culpas como un mono, y sin culpas el totito friccionado de la niña Magui ya era un hangar de la Sexta Flota, purísimas concepciones las suyas. Tiempo después, cansados como las lechugas de las hortechuelas, aburridos de hurgarse ese sitio que no se toca, el nene Lecu y la niña Magui pensarían que habría sido mejor tenerle miedo a algo, mantener tirante la goma del pecado y del arrepentimiento, que la cisterna oliera a azufre y que alguna vez prendiera una lumbre como un emisario

para prevenirles no tocar, peligro de muerte, que se les apareciera un angelito o un diablo amistoso para darles codazos y je-je decirles qué bueno, no dejes de hacer esas cosas, exprímete, saca juguito de ti, de las tetitas, de la pilila, aprieta a ver qué sale, demasiado pronto, pensaron, aquella trilla carnal empezó demasiado pronto y se gastó enseguida, todo se nos volvió aburrido.

En su diario inexistente Magui escribiría:

«Tengo dieciocho y soy plasma. En hilachos me deslío sin un grumo en la copa que me ofrecen, en la saliva de besarse y de llenarse la boca de alimento suyo. *Suyo* no sirve para decir *plural*. Me miran y se mueren de ganas, no puedo hacerles eso, no puedo dejar que se vayan solos a casa sin un besito siquiera, sin un arrullo, un bajarme las bragas y decirles que no se apuren que hay sitio de sobra, no seas tonto que no duele, ya no me duele casi a no ser que seas muy bestia pero tú no tienes pinta de ser muy bestia, tú no, tú pareces bobo y asustado y a veces pasa que les enseño las tetas y ni siquiera así se atreven y me digo esta noche voy a tener que hacerlo todo yo, están cuajados estos niños, pero a mí me gusta que sea así, me gusta verlos pequeñines y asustados, yo los abrazo muy fuerte y también los beso, soy su mami, ellos buscan acomodo en algún rinconcito mío y a cucharadas comienzan a comerse la papilla que trituro».

El novio de la mamá de Magui. El novio de la mamá de Magui era un hombre muy raro, un vecino del pueblo que se marchó a América con veinte años y regresó mucho después, consumidito y oscuro como si se hubiera vuelto mulato. A cada rato contaba que había vivido en una barcaza en el Amazonas y que luego había pasado siete años en un penal de Puerto Rico. Qué mal bicho era entonces, recordaba la mamá de Magui, siempre metido en líos, a mí me daba miedo cruzarme con él, te miraba con cara de diablo y te decía guarradas, qué mal bicho, sus padres, los pobres, eran unos santos, tenían una huerta y una casa bien bonita, papá les llevaba papeles a la gestoría y les resolvía cosas, a cambio ellos le regalaban en Navidad un queso y un lomo. Papá decía que cómo pudo nacerles un hijo así, es cosa del demonio lo que ese crío tiene dentro, mejor les hubiera valido que de pequeño se les escurriera y se desnucara, no parará quieto hasta que alguien le meta un tiro. Se saltaba las tapias a la piola, entraba en las casas a robar y cuando alguien se le encaraba lo ventilaba de dos guantazos, tiraba para el monte y se quedaba allí como un salvaje durante un tiempo. Luego volvía con facha de aparecido y se sentaba en la plazoleta como si nada, y al pasar me tiraba de la falda y me decía cosas, convenía casarse pronto para que dejaran de decirte cosas, no se mira igual a una soltera que a una casada, aunque sea una casada tan jovencita como yo, tan chiquita como una niña, cuando me casé parecía una muñeca de comunión de las que ponen en las vitrinas de las confiterías, y muchas veces pensaba eres idiota, por qué lo hiciste, pero con Magui me olvidé de todo, Magui tan linda, Magui en la bañerita de plástico o jugando en el suelo, se entretenía la chiquilla con un trompito o una chapa mientras yo guisaba y pensaba que nadie me dijo que esto iba a ser así, me habría gustado darle un hermano para que no estuviese tan sola pero era como dormir con una caja de pino, me sentía tan idiota en la mercería, muerta de la vergüenza, temblando en el probador.

 La primera vez que entró en la tienda llevaba una especie de mantoleta gaucha cruzada en el pecho y pantalones blancos remetidos dentro de un par de botas de caña que echaban de menos las espuelas, las boleadoras y el cuchillo de monte. El cráneo muy rapado y la piel arrasada de surcos como un marino viejo terminaban de componer el estrambote. Magui dio un brinco como si hubiera visto al coco, y es que algo de coco tenía pero también de personaje de Barco de Vapor. Con un acento que no era de acá ni de ultramar sino de ninguna parte, el Hombre Raro dijo tú eres [y aquí pronunció el nombre de la mamá de Magui, y a Magui le palpitó ese brinco que sentía cada vez que alguien llamaba a mamá por su nombre, las mamás no deberían tener nombre propio, nada de Dolores ni Soledad ni Margarita, siquiera], yo soy el hijo de Tal y de Cual, que he vuelto de aquella parte, y señaló con el dedazo algún lugar fuera de la tienda, como si justo en el quicio ya crecieran las lianas de la selva y se oyera el canto del ave del paraíso. No perdió comba de soltar todo su currículum, en el aire confeccionó con sus manos de chacal todo el itinerario de viví dos años en aquel sitio, cuatro en el de allá, en Puerto Rico me confundieron con otro y terminé en la cárcel y al salir me dije etcétera, para terminar juntando en un punto invisible los índices y los pulgares, así que he vuelto por un tiempito, quién sabe si me quedaré para siempre en casa de los viejos, muriéronse los «probecitos» sin ocasión de verles la jeta por última vez, ay, en gloria estén con los ángeles de Dios, la casa la tenían tapiada, tuve que romper un cristal para colarme dentro como un canalla, pero ahora ya voy limpioteando y componiendo los muebles podridos y pronto la tengo como un museo, con retratos de los viejos por todas partes, qué lastima, lo mismo la vendo y me vuelvo a Brasil si aquí no encuentro nada que me pique.

La mamá de Magui no hallaba resquicio donde poner una palabra en medio de aquel discurso florido que sonaba a novela de sobremesa, pero de pronto se vio diciendo sentí mucho la muerte de tus padres, la casa ha estado cayéndose a migajas desde entonces, yo creo que fue el ayuntamiento quien la tapió para que no se convirtiera en un vertedero, la huerta está comida por la mala hierba, necesitarás una cuadrilla para remover la tierra, pero a santo de qué venía tanta piedad cristiana de vecindario, ella no tendría que haberle puesto un mu a toda esa filfa guayanesca, y menos que mu unos puntos suspensivos que quedaron bien claritos para el Hombre Raro, para la sorprendida de sí misma mamá de Magui y, sobre todo, para la propia Magui, atónita en su taburete, con los ojos como platos siguiendo los cuarterones de la cara de ese fantoche con el que su madre, tan descaradamente, estaba coqueteando.

Volveré de vez en cuando, contestó él, seguro que me harán falta muchas cosas, y luego compró lejía, una botella de ron y algo de comer, despidiéndose con una especie de reverencia, afectadísimo, como un actor del Imperial.

No mintió: volvió, y entre la vez y el cuando había un intervalo muy pequeño.

Lo más difícil de tragar no es que la mamá de Magui y el Hombre Raro se fueran a vivir juntos como novios (había noches en las que él se despertaba sobre el hueco de papá, en la misma cama, y otras en las que ella le dejaba a Magui una tortilla en el horno y se marchaba y no la volvía a ver hasta el día siguiente); no, lo que no se entiende es cómo la mamá de Magui dio pie al Hombre Raro, dónde dejó que tomara su mano por primera vez, cuándo surcó con sus dedos las cárcavas de aquellas mejillas de marino, cómo el escote tostado empezó a envolver esa cera brillante, ese cráneo rapado, esa nariz de indio falso en lugar de la naricilla de la pequeña Magui. En el Diario de Kitty habría muchas páginas en blanco, Magui no sabría explicarlo. Sí sabía, en cambio, que el Hombre Raro comenzó a venir a la tienda cada tarde, que se sentaba sobre el arcón o se quedaba de pie hasta el cierre y contaba sin que nadie se lo pidiera extraordinarios sucesos donde se repetían palabras como mangle y jaguar, y Magui no entendía cómo su mamá no se lo quitaba de encima, cómo no paraba de sonreírle, cómo permitía que cogiera una mandarina y que la pelara con esos dedazos que eran maromas y dejara la mondadura sobre el mostrador, por qué no lo mandaba al infierno o a la Pampa o al fondo del Amazonas con una piedra en el cuello.

La Casa del Padre. El Sr. Alto y Locuaz lo tomó de los hombros y le dijo Antonio, lávate y ponte guapo, que hoy es un día grande, y sacó de un estuche una camisa que acababa de comprar en El Corte Inglés con todos los alfileres prendidos y el papel de seda y las dobleces. Obediente como un perrillo, el nene Lecu arañó en el baño algún pétalo de la margarita de jabón y trató de colarse sin desabrochar los botones dentro de aquella camisa dura que picaba como el tergal, se retorcía con algunos alfileres olvidados aguijoneándole como si le dijeran huye ahora que estás a tiempo, arrójate en tromba hacia la puerta y salta las escaleras de tramo en tramo, escápate, que no te cojan vivo, decía la voz. Pero hacía meses que el Sr. Alto y Locuaz había comenzado a espantar esas voces malignas y lo cierto es que el nene Lecu estaba deseando que ocurriera, así que tiró con fuerza de los faldones, se calzó como un saco la camisa, trató de peinarse el rojo del flequillo lo mejor que pudo y salió del baño oliendo a margarita de jabón y a grandes esperanzas, rabiando de ganas de celebrar su bautismo con toda la comunidad neocristiana, cantar, bailar, palmotear y hacer todas esas cosas que fascinan a los neocristianos, como comer pastelillos hasta hartarse, darse muchos besos, decir bienvenido a la Casa del Padre.

La Casa del Padre.

De todas las fiestecillas neocristianas, el bautizo es la más divertida: las doce horas que dura la función se pasan en un parpadeo, un cortometraje sacramental si se piensa en la enjundia que tiene el tránsito, el transporte que te lleva de la vulgaridad de la especie humana a la aristocracia de la vanguardia de Cristo. El bautismo es el comienzo de la travesía hacia la verdad, y el Sr. Alto y Locuaz consideraba que de nada servía ese rito fatigoso de la pila de mármol, el cura dormido y el bebé llorón que los viejos cristianos repetían como autómatas. No, nada de compromiso postizo, nada de falsedad, es necesario zambullirse, sumergirse, bucear, atragantarse con un buche de agua bendita, nada de espolvorear la coronilla del pequeño mamoncete y punto, no. Los aspirantes a neocristianos, cuando sus cerebritos ya estaban pulimentados y listos para unirse a la comunidad, debían volver a bautizarse, y muy poco tenía que ver ese bautizo nuevo con la cansadísima liturgia católica. El Sr. Alto y Locuaz tenía claro que era preciso distinguirse, aferrarse a la exaltación de la vida, la felicidad, los dulces de yema y los pestiños.

Durante semanas, al bautizable lo adobaban poniéndole los dientes largos, describiendo con imaginativo detalle cómo sería cada lazo, cada adorno, cada empanada de carne, la estimulante alegría con la que los demás lo abrazarían y besarían. Algunos decidían cambiarse de nombre, y entonces el Sr. Alto y Locuaz elegía el timbre más telúrico de su vigorosa voz para decir yo te bautizo bajo los ojos de Cristo con el nombre de Blablá, y todos aplaudían y saltaban de puro contento y repetían el nombre como si se tratase de un goleador. El nene Lecu dijo que no quería cambiarse el suyo por mucho que fueran a corearlo porque pensaba que sería dificilísimo acordarse del nuevo, qué complicado. El Sr. Alto y Locuaz dijo bueno, no importa.

Subió al volvo y se sentó junto a la Sra. Amable Dos. Aún no conocía a nadie de la comunidad, ni siquiera a los Nueve. El Sr. Alto y Locuaz lo había mantenido oculto a cargo de su cuidadora pero a todos les había hablado del muchacho selvático del flequillo rojo, ese a quien rescataron de la aridez del descampado, un descampado como una desgarradura en medio de la ciudad, rodeado de buenos edificios con garajes y jardines y portero automático, edificios donde vivían familias burguesas que criaban a niños sonrosados, papás que salían a trabajar cada mañana y cruzaban de acera al llegar al alambre, mamás que les decían a sus hijos no te acerques, a ver si vas a coger piojos, nadie, nadie se había preocupado de ese chiquillo olvidado durante años, ese chiquillo que tanta penuria y brutalidad había visto en su miserable vida, ningún político, ningún guardia, ninguna enfermera, ni siquiera un sacerdote se había acercado jamás a ese pobre muchacho, ¿y sus padres?, diréis, ¿dónde estaban los padres de la criatura?, sus padres habían sido capturados por la garra podrida, la nieve que quema, la mancha, conocemos bien esa historia, hermanos, sus padres nada veían, nada pensaban, sólo la mancha cubriendo sus ojos. Durante el trayecto, el nene Lecu y la Sra. Amable Dos se dieron la mano.

En la cabeza del nene había una casa con un patio y guirnaldas y mesas llenas de comida y mucha gente celebrando una fiesta, niños blanditos y cabrones con el cuello limpio, como los tres pequeñajos de la Sra. Amable Uno, madres rubias y guapas repartiendo bocadillos y, tal vez, sentados en un banco, el comandante de la *Meteor V* y la trémula Nil, joven y azul. Más o menos era eso lo que se imaginaba cuando pensaba en el bautizo, porque lo cierto es que no recordaba mucho de las cosas que el Sr. Alto y Locuaz le había contado acerca del buen Jesús en Galilea, le costaba imaginárselo de otro modo que no fuera moviendo los ojos de arriba abajo como en el cuadro con el que la Sra. Amable Dos sustituyó al marmolillo de la cocina.

El Sr. Alto y Locuaz conducía tan rápido y tan firme como verboteaba. Las avenidas se desvanecían tras los cristales y en un instante ya salían de la ciudad y dejaban a un lado los galimatías de los polígonos y almacenes, tomaban un desvío y al rato llegaban a un camino que daba brincos hasta una cancela y, detrás, muchos coches aparcados, una casa de una sola planta, bosquecillos, colinas suaves tapizadas de matorral seco, castaños pelados, alcornoques descorchados, un arroyo breve y un eucaliptal feroz bebiéndose el arroyo. Al nene Lecu le pareció que nunca había visto un lugar tan verde y tan bonito.

Bajaron del coche y sólo vio caras, una porción de caras que se acercaban y decían cosas incomprensibles y despeinaban su flequillo y sonreían tanto que las comisuras se les iban a descoser, pero entre esas caras no estaba la de la Sra. Amable Uno, ni las de los tres cabroncetes, ni siquiera las mejillas azules de la joven y trémula Nil. Dos manos se posaron pesadas sobre sus hombros, detrás bramó el Sr. Alto y Locuaz y las caras hicieron una media luna en torno a ellos. El nene Lecu pensó que debía sonreír igual que hacían los demás, y sonrió con una mueca rara que tuvo que resultar oportuna porque todos se echaron a reír a carcajadas, incluido el Sr. Alto y Locuaz, que dijo algo acerca de la alegría y su flequillo rojo como una llama, y eso sí lo entendió y trató de peinárselo con los dedos. Luego sintió que tiraban de él, lo arrastraban al interior de la casa mientras una música sonaba fuera, se escuchaban palmas, alguien bailaba, unas señoras le dieron besos sonoros y le quitaron la camisa y los pantalones y se vio desnudo hasta que un manto blanco le cayó por la cabeza, y así se quedó, sentado y envuelto en aquel tejido que, a diferencia de la camisa punzante, era suave como la mano de la Sra. Amable Dos.

Lo que sucedió después le costaría recordarlo. En el centro de un círculo de sillas de tijera, El Sr. Alto y Locuaz hablaba y hablaba, unas veces sentado, con las palmas abiertas sobre las rodillas y voz muy tierna, otras veces tronando de pie y señalando a un lugar y a otro. Lecu estaba a su derecha, a veces le pedía que leyera alguna cosa y, con cierta dificultad y casi en un susurro, Lecu la leía y todos decían que sí con la cabeza. En un momento el Sr. Alto y Locuaz comenzó a cantar y los demás se entusiasmaron, se subieron a las sillas, siguieron el compás con las palmas, algunas parejas se entrelazaron y bailaron, hombres y mujeres, mujeres y mujeres, hombres y hombres. Lecu pensaba en toda la comida que había sobre las mesas, las servilletas de papel, los vasos y los platos de plástico.

El Sr. Alto y Locuaz se desabrochó la americana, la dejó bien doblada sobre la silla y remangó su camisa. Tomó de la mano a Lecu y lo condujo a la trasera de la casa, donde había una pequeña piscina desmontable. El manto blanco le llegaba hasta los pies. Trastabilló y tres veces estuvo a punto de caer de bruces. El Sr. Alto y Locuaz se quitó los zapatos, comenzó una oración, despojó al nene de su manto, lo subió en brazos como si fuera una pluma y entró con él en la piscina.

El nene Lecu, en calzoncillos, temblaba y pensaba en la joven Nil, lánguida y azul, *al amanecer todo se habrá consumido, nada quedará de estos cuerpos, de estas ropas que nos cubren, del planeta que se extiende debajo de nuestros pies.* El Sr. Alto y Locuaz rezaba a gritos, y el nene Lecu creyó desmayarse.

Le supo a tierra y a plomo. Bebió un vaso de agua. Le supo a tierra y a plomo. Es un signo, pensaron. ¿Un signo de qué? Nadie se hacía esa pregunta, un signo de un alma pura, clara, distinta, habrían dicho: el niñito condenado y salvado, el niñito rescatado del torrente de la vida fea, navegando en su cesta flotante hasta los juncos de la orilla donde el Sr. Alto y Locuaz, cuyas manos existían para formar un cuenco y abrazar y sujetar firme los corazones perdidos, esperaba su llegada como en un muelle se aguarda el atraque del barco de los refugiados, la guerra y la persecución ya quedaron atrás, en la maleta de cartón no se conserva más que una fotografía enmarcada, una carta sin franquear, la última camisa limpia. [Debería sonar ahora una música tristísima.]

El Sr. Alto y Locuaz dijo ¿mejor?, y el nene Lecu asintió. Fría el agua, ¿eh?, mañana los dos tendremos un buen catarro, je. Envuelto en una toalla, el nene Lecu quiso sonreír. La voz del Sr. Alto y Locuaz cambió de color, hoy es el primer día de tu año cero, el primer día del resto de tus días, firmaste un pacto con el buen Jesús, un compromiso, él no faltará a su palabra, tú tampoco, ¿verdad? Sonaba a piedra y a hierro aquello, el Sr. Alto y Locuaz había aprendido a perfilar su voz con gruesos rotuladores, no había modo de protegerse contra aquella energía ferruginosa que gastaba, desgastaba, erosionaba. Tengo un regalo para ti, hoy es tu cumpleaños, tu nuevo cumpleaños, ya verás, es un regalo muy hermoso, abrígate. Y el nene Lecu se arrebujó dentro de la toalla y con sus pies descalzos caminó de la mano del Sr. Alto y Locuaz hasta una habitación con la puerta cerrada, y el Sr. Alto y Locuaz dejó al nene Lecu frente a esa puerta y le dijo ábrela, y el nene Lecu lo hizo y dentro de la habitación había una cama de hierro, unos muebles bastos, un cuadro y dos sillas y, sentados en las sillas, había un hombre y una mujer que se pusieron de pie, ella se estiró el vestido, él se peinó un mechón enroscado en el cráneo, y muchos dientes, muchos, muchísimos dientes llenaron las mandíbulas y los carrillos del

Hombre del Cráneo Enroscado y de la Mujer del Vestido Recatado, no había espacio para tanto diente, tan rectos y tan blancos, treinta y siete piezas de porcelana pagadas generosamente por el Sr. Alto y Locuaz, son tus padres, dales un beso.

Tenía algo de precursor. En el bar largaba a quien quisiera oírle un discurso agotador sobre la alimentación, la higiene, la química y las toxinas a las que invitamos, gentilmente, a entrar en nuestro organismo cada vez que tomamos una cucharada de ese yogur aromatizado, un mordisco de esas salchichas envasadas, les decimos a las toxinas pasad, pasad y acomodaos, aquí está mi hígado, es todo vuestro, allá el páncreas y los riñones, podéis comenzar por donde os plazca, pasad sin miedo. Y en vuestras terrazas, decía, en esas huertas moriscas donde vuestros antepasados cultivaron vides y legumbres con el sol y la lluvia como aliados únicos, en esas huertas ahora huele a sulfato, a matabichos, a sosa cáustica. ¿Con eso alimentáis a vuestros hijos? ¿Así queréis que crezcan fuertes y sanos? Mirad sus caritas pálidas, sus bracitos delgados, la ansiedad de sus ojillos cuando los subís al coche y los lleváis al colegio. Habéis perdido el juicio, estáis enfermos y pretendéis contagiar esa enfermedad a los que os siguen, y ellos harán lo mismo con los suyos, y en poco tiempo habréis acabado con todas las proteínas del mundo, y con los sueños. En este punto le gustaba darse media vuelta para que el pañuelo transparentoso que le ahorcaba hiciera un pequeño radio al vuelo. Luego, frente al asqueo común, decía voy a convertir la finca de mis padres en una huerta generosa sin un gramo de vuestra química, la alimentaré con mis heces y con el sustrato que la tierra tenga a bien ofrecerme, criaré vacas y gallinas que comerán lo que está destinado a las vacas y a las gallinas, y no ese pienso fabricado en vuestras tristísimas naves.

Lo raro es que lo hizo. Con sus manos, a golpe de espiocha y a fuerza de deslomarse limpió el terreno, trazó los surcos, compró por correo semillas ecológicas, vio cómo se le arruinaban las primeras cosechas, y pasó mucha fatiga hasta que pudo recolectar los primeros calabacines, escuchimizados e insípidos como almuerzo de clínica. En el corral, las vacas no hacían más que defecar mondongos y expeler flatulencias, de las ubres apenas manaban unos hilillos de leche desvaída. Con botas de goma y mierda hasta la cintura, el Hombre Raro acarreaba carretones de estiércol, las gallinas se reían al verlo trastear de un lado a otro, la calva brillante y perlada de sudor mientras la mamá de Magui hacía lo imposible para cocinar algo comible con la calabaza rancia, el apio quemado y las patatas enanas.

Y así pasaron los años, el Diario de Kitty llenándose de experiencias, Magui odiando al Hombre Raro, resentida con su madre, fabricando alambradas y campos de minas para que nadie se le acercara pero nadie no era Buenchico, el afortunado buen chico que amasaba en el portal los pechitos tan nutritivos de la pequeña.

La mamá de Magui. ¿Cómo ha sucedido? Esto no es Nueva York ni Berlín ni Barcelona ni ningún escenario de película sino un mierdoso pueblo de la campiña: aquí, si una mujer es abandonada por su marido, la Ley de la Normalidad dice que se quedará sola y deprimida hasta que se muera de asco, ¿no es eso lo correcto? Encapricharse de alguien así... sinapsis incompleta, obstrucción de un vaso de su cerebro debió de ser. Ella era una mujer guapa y joven, en su escote uno desearía fundar una república de lactantes, sin el delantal y la cara de triste sería igualita a una actriz de cine. Cuando pasaba con Magui una semana en el hostalito blanco de la playa, los hombres no dejaban de mirarla, sus piernas eran fuertes, sus hombros redondos, su cara de chiquilla: actriz muy sufrida y muy hermosa habría sido, sí. Por eso no se entendía que entre todos los que iban a tirarle los trastos se quedase con el monstruito gaucho de las boleadoras y el cráneo radioactivo, Magui se había prometido a sí misma que nunca se lo perdonaría, ya no tengo padre ni madre, ahora estoy sola de veras, habría apuntado en el Diario de Kitty, volumen dos, titulado *La experiencia de la soledad*, y también algo así como a nadie le tengo que dar explicaciones, mi madre ya no puede decirme no hagas esto ni aquello, mi padre no va a venir a ponerme mala cara porque me bese con mi novio en la puerta de casa, no me dará dos bofetadas por descarada, puedo pasármelo tan bien como quiera en el hueco que hace Buenchico cuando se sienta en el suelo, la falda abierta, las bragas tan cerca de los botones de sus vaqueros, soy la niña mala del pueblo, ninguna madre querría que su hijo fuera mi novio, todas piensan que faltan dos días para que alguien me deje embarazada y comience a pasear la barriga con mi cara de golfa adolescente, a su madre le pasó lo mismo, dirán.

Salir sin secarse el pelo. En verano, Magui y su mamá pasaban una semana en una pensión de Miramar. Se ponían el bikini debajo de la camiseta y desayunaban sin prisa en el comedor. Luego bajaban a la playa y ya no volvían hasta que se hacía de noche, a veces comían bocadillos y otras veces pescado frito en alguno de los restaurantes del paseo. Las naricillas rojas, los hombros tostados, se movían de esa manera, sonreían y decían unos buenos días tan suaves cuando entraban en el comedor que todos los ojos se iban detrás de ellas. En la habitación se desnudaban y enjuagaban los bikinis en el lavabo, se miraban las marcas en el espejo, Magui sólo veía los senos hermosos de su mami en verano y pensaban si los suyos, tan chicos, se convertirían en eso, se duchaban con la puerta abierta, el agua caía tibia y fuerte, era tan agradable dejar que el torrente te clavara agujas en la nuca, y luego las braguitas limpias y el vestido, salir a cenar sin secarse el pelo, tomar un helado, sonreír. La llegada del Hombre Raro también acabó con eso. En cualquier caso, el último verano ya todo fue distinto. Magui parecía mayor, en la playa no dejaban de mirarla, a veces era ella quien miraba y comenzaba a albergar pensamientos y pruritos de los que no se debe cuando duermes con mamá en la misma cama, no se debe.

Una frase completa. Al pobre y despistado nene Lecu le pareció que el Hombre del Cráneo Enroscado y la Mujer del Vestido Recatado estuvieron observándolo durante horas. La Mujer le pasaba los dedos por el pelo, el Hombre inspeccionaba su rostro como diciendo ésta es su nariz, éstas son sus orejas, aquí están sus ojos, sus cejas, sus pestañas. El Sr. Alto y Locuaz, sentado en la cama de hierro, comenzó a glosar el encuentro con versitos y cosas que inventaba, frases redondas acerca del amor y la familia, del regreso a la casa del padre, etcétera. El nene Lecu buscaba en su mente alguna imagen que pudiera comparar con la de aquellos desconocidos, como cuando en las películas el testigo del infortunio busca al culpable en un álbum de fotos, y alguna chispa se produjo, un reflejo en el que se mezclaban una mujer gritona y un hombre sobre una estera, lagartijas, sol aplastante, sombra de un cobertizo, hormigas subiendo por los pies, el hombre tirita de frío a pesar de la lava que brota del suelo. Si Lecu hubiera sabido montar una frase completa habría dicho es verdad, son estos dos cabrones.

Aquella noche durmió con la Sra. Amable Dos por última vez. Al día siguiente, el Sr. Alto y Locuaz vendría a buscarlo temprano para llevarlo a su nueva casa, flamante pisito diminuto del lejanísimo extrarradio donde el Hombre del Cráneo Enroscado y la Mujer del Vestido Recatado ya vivían desde hacía algún tiempo pintando las paredes, cosiendo las cortinas, barnizando los muebles prestados, es decir, aplicando las habilidades manuales que habían aprendido en la granja y entrenándose muy serios y muy formales para la llegada del nene Lecu, rezándole al buen Jesús, cocinando de prueba esas cosas que comen los niños, durmiendo diez horas seguidas gracias al Método, rellenando las planas de caligrafía que el Sr. Alto y Locuaz vendría a revisar, todo sucedía despacio en el flamante pisito diminuto, los niños deben tomar leche caliente dos veces al día, la leche se calienta en el cazo, hay que abrir la botella, desenroscar el tapón, romper el precinto de aluminio, la leche tarda muy poco en hervir, la Mujer del Vestido Recatado no aparta los ojos del cazo pero no logra evitar que suba y se derrame y la llama se apague, ella se sienta en el suelo de la cocina, esa misma mañana ha limpiado las baldosas con un balde y un cepillo igual que hacía en la granja, le duelen las rodillas, le gustaría llorar pero no sabe, el gas sigue saliendo de la espita, sordo, aromático, los niños deben tomar leche caliente dos veces al día, el Método también dice eso. Colgado de un clavo se balancea el mismo dibujo del Corazón de Jesús que la Sra. Amable Dos tiene en la cocina.

Rutina. La Rutina era parte del Método, salvaguarda, protección, fortaleza con la que el Hombre del Cráneo Enroscado y la Mujer del Vestido Recatado se defendían de Todo lo Otro. La Rutina estaba apuntada con letra de escolar en el cuaderno de la cocina:

— Orinar y limpiarse con una toalla.
— Lavarse los dientes uno a uno, enjuagar el cepillo, secar el lavabo.

— Lavar la toalla y la ropa interior. Usar lejía. La lejía hace daño.
— Encender el gas. El gas hace daño.
— Abrir la ventana. El aire fresco es bueno.
— Calentar el agua. El agua caliente hace daño pero es buena.
— Poner el agua en dos tazas.
— Poner una bolsita en cada taza.
— Esperar.

Era imprescindible seguir cada paso si uno no quería verse metido en la cama con los zapatos puestos, el agua hirviendo en la cocina, una quemadura en el brazo, el grifo del lavabo abierto. Pero en ocasiones la Rutina se quebraba cuando el Sr. Alto y Locuaz entraba con su llave y les decía, por ejemplo, que se vistieran para ir al médico o al abogado, y comprobaba si el Hombre del Cráneo Enroscado se había afeitado y si la Mujer del Vestido Recatado había recogido los platos del desayuno. Junto al cuaderno dejaba una fotocopia con las nuevas tareas, pronto, muy pronto vendrá a vivir con vosotros, debéis estar preparados. Si la Mujer hubiera podido elaborar un pensamiento completo, se habría preguntado cómo iba a ser capaz de fabricar dentro de sí el sentimiento adecuado.

No comunicar la pérdida. La última noche que pasó en casa, Lecu cenó un bocadillo de salami en la cocina. Todo era extraordinario: el pan estaba tierno, el salami jugoso,

Lecu muy contento y la Sra. Amable Dos muy triste. Su pelo trigueño se veía más enmarañado y sucio que de costumbre, como si los pensamientos enredosos que albergaba hubieran rezumado hasta el cuero cabelludo. Sentados en las banquetas y con los codos sobre la formica de la encimera, la Sra. Amable Dos querría haber dicho algo grave y grandilocuente, cosas como las que el Sr. Alto y Locuaz expelía con tanta desenvoltura, pero ella era la Sra. *Amable,* no la Sra. *Locuaz,* y todo el hachís del pasado y todo el espiritismo del presente le habían anudado la lengua. No pasaba de los treinta y parecía una ancianita jipi, el rostro era una careta de arrugas, las uñas un poco comidas, los ojuelos vacíos, sin vida.

Después de cenar, el nene Lecu gastó obediente el último pétalo de la margarita, se puso el pijama y cogió uno de los librillos de la colección *Anillos de Saturno.* Encendió la luz de su cuarto, se arrebujó en las sábanas, comenzó a leer: *Ninguno de los tripulantes que aquella mañana grabó su identificación en la oficina de reclutamiento habría sospechado que serían convocados, sin apenas experiencia náutica, para una misión tan larga y comprometida. La nave en la que el joven Andrew fue enrolado formaba parte de una flotilla destinada a traer de vuelta un convoy perdido en los márgenes del Círculo Exterior. Las comunicaciones se habían interrumpido días atrás, no se conocía más que la última señal de localización que los instrumentos habían emitido, lejos del rumbo que indicaban las cartas espaciales. Según esos cálculos, el convoy se encontraba más allá del Cuarto Sextante, un lugar tan remoto que al joven Andrew le resultaba imposible de imaginar. «El Cuarto Sextante», pensó el muchacho, «a mi madre no le habría hecho mucha gracia». Pero la madre del joven Andrew ya no podía refunfuñar ni maldecir a su tío Robert por haber metido en la cabeza de su hijo esas estúpidas ideas de navegante; no, la madre del joven Andrew ya no podría decir eso ni ninguna otra cosa, ni siquiera despedirlo en el muelle de los reactores con un pañuelo al viento, pues había muerto durante la última epidemia que diezmó a la Colonia. En la misma oficina de reclutamiento, en la división de expediciones temerarias, completaba su solicitud una jovencita pelirroja con los labios y las mejillas del mismo color. Sobre su hombro pudo leer que se llamaba Catarina y que con convicción ponía una cruz en la celda que decía* en caso de fallecimiento NO comunicar la pérdida a la familia.

La Sra. Amable Dos entró de puntillas en el cuarto de Lecu. En el cartapacio viejísimo de su rostro aparecía un hondo desconsuelo. Se sentó en la cama y leyó en voz media, musitando y pronunciando *Andrew* y *Robert* con mucha gola. Cada vez que lo hacía a Lecu le daba la risa.

Arreglos y encargos. Lecu llegó al flamante pisito diminuto con una bolsa de deporte al hombro donde guardaba todos los calcetines y calzoncillos que la Sra. Amable Dos le había comprado, y también los libros y los cuadernos de la escuela y, envueltos en camisetas, algunos librillos de los que tanto disgustaban al Sr. Alto y Locuaz. En su nuevo cuarto había una cama con cabecero y pies de madera, un armario de dos puertas, estanterías, un escritorio y una silla. La ventana daba a un ramal de circunvalaciones. En la pared había una imagen sin enmarcar del buen Jesús con un lema que decía «El amigo que nunca falla» y un calendario de hojas volanderas con otro que decía «Carpintería Márquez. Arreglos y encargos».

Sobre la cama encontró una caja de cartón. Es para ti, un regalo de bienvenida, dijo la Mujer del Vestido Recatado. Dentro había un par de zapatillas J'hayber New Athenas brillantes, bruñidas en piel de centauro. Se las probó. Le quedaban enormes, cabía un puño entre el calcetín y el talón del zapato. No importa, ya crecerás, dijo la Mujer, y guardó la caja en el armario, ya crecerás, los dedos peinándole el flequillo rojo.

Las demás habitaciones eran frías y sencillas, deshabitadas, limpias. La cocina daba a un patio desde el que llegaban los gritos desaforados de los vecinos y el silbido ferroviario de las ollas a presión.

El Sr. Alto y Locuaz se quedó a almorzar y estuvo ayudándole a guardar la ropa en el armario. En un despiste, Lecu pudo deslizar los librillos debajo de la cama. Comieron un guiso de patatas sin mucho sabor que la Mujer del Vestido Recatado había aprendido a cocinar en la granja. El Sr. Alto y Locuaz le insistía en que debía dedicarle mucho empeño y ternura a la cocina, que cocinar era su obligación igual que la del Hombre del Cráneo Enroscado no faltar al trabajo cada mañana.

El Hombre del Cráneo Enroscado comenzó a trabajar en la carpintería del calendario, la Mujer del Vestido Recatado limpiando, cocinando y esperando a que Lecu volviera del colegio, así debía de ser en la familia primigenia, pensaba el Sr. Alto y Locuaz, está escrito. Aunque no estuviera escrito en ninguna parte, al Sr. Alto y Locuaz le gustaba terminar sus frases así: está escrito. Nadie iba a comprobar si lo estaba o no, y tenía un punto mágico eso de la carpintería: la construcción del mundo simbólico, la repetición de lo idéntico, está escrito.

Cuando el Sr. Alto y Locuaz se marchó, aún no era hora de cenar y ya era tarde para la merienda. La Mujer del Vestido Recatado miraba el cuaderno en silencio, el Hombre del Cráneo Enroscado fumaba en el sofá, el nene Lecu entró tres veces en el baño, miró por la ventana del salón, se sentó frente al escritorio. La Mujer dijo ¿quieres cenar ya?, pero no eran ni las ocho.

Se acostó muy pronto, tanteó debajo de su cama y releyó uno de los librillos. En el ramal zumbaban los coches. Los faros iluminaban la pared del escritorio, justo encima de la estampa de Jesús.

El Sr. Alto y Locuaz aguardaba cada mañana en el portal con el volvo al ralentí para llevarlo a clase. Durante el camino, Lecu se veía obligado a contarle con detalle todo lo que había hecho el día anterior. Nunca hacía nada distinto, las horas pasaban lentas dentro del pisito diminuto pero aun así el Sr. Alto y Locuaz le pedía que repitiera el relato y preguntaba ¿a qué hora? si, por ejemplo, Lecu decía nos sentamos a cenar o salimos a dar un paseo hasta la carpintería, me dieron unos tarugos de madera y una bolsa de serrín para la clase de manuales, me enseñaron a cortar con segueta. A veces el Sr. Alto y Locuaz lanzaba preguntas imposibles: ¿quieres mucho a tus padres?, ¿comprendes su pesadumbre, su remordimiento?, y Lecu se quedaba mudo viendo subir y bajar los coches por el ramal de las circunvalaciones, ya cerca de casa. Cuando cumplió quince años comenzó a ir a las reuniones.

Y en las reuniones conoció a MaiT.

MaiT. El nene Lecu ya no era un nene cuando conoció a MaiT, a quien le gustaba firmar así en los cuadernos y en las escayolas.

MaiT era una neocristiana de élite. Su voz se volvía suave y linda cuando cantaba las versiones piadosas de Bob Dylan y Simon & Garfunkel, y cercana y convincente cuando hablaba sobre la travesía hacia el buen Jesús. Vestía con desarreglo medido, movía las manos como si fueran avispas, tenía el escote lleno de pecas, así era MaiT.

A cada neocristiano novicio que llegaba a las reuniones le contaba la misma historia: yo no creía en Dios, y menos aún en la Iglesia, pensaba que la mitad eran unos golfos que se aprovechaban de gente imbécil y miedosa, y la otra mitad, gente imbécil y miedosa. Yo vivía muuuy alejada de Jesús [risas traviesas], no hacía caso de nada ni de nadie, me marché de casa muy pronto y tuve una vida muy perra y muy perdida durante unos años [mirada detenida en el suelo o en algún punto lejano]. Pero no era feliz, me sentía vacía, dentro de mí no había nada bueno ni elevado ni valioso. Y un buen día [campanitas en la voz] el buen Jesús puso delante de mí a unos chiflados muy simpáticos que gastaban muchas bromas y se reían de buena gana. [En su cabecita linda la imagen reflejada.] A mí me daba vergüenza acercarme porque parecería una tontona estrafalaria y colgada pero fueron ellos, *ellos,* los que vinieron a mí y me hablaron de lo que hacían y pensaban y no juzgaron nada de lo que yo hacía ni pensaba. [Y aquí hacía otra pausa y luego arrancaba a hablar de los primeros días y de lo que le dijeron uno y otro, aún recordaba cada palabra.] Al principio me costó mucho aceptar cosas como las misas y las vigilias, y si te digo la verdad me sigue pareciendo un teatro, pero ahora entiendo que necesitamos vernos y abrazarnos y cantar juntos y bailar y hacer un poco el majara. Es necesario, pero no es lo importante. Lo importante es vivir con Jesús a tu lado, porque si vives con Jesús. [El etcétera habitual.]

No, pensaba Lecu. Lo importante es: pecas en su escote.

Cuando en las reuniones hablaban de la doctrina o del pecado o de la vieja Iglesia, MaiT solía decir aquí cada cual tiene su manera de entender las cosas. Yo, por ejemplo, no creo que Dios sea una figura real que se encuentre en ningún lugar real. Creo más bien que es una especie de electricidad que habita en todas las cosas vivas, algo invisible que nos aglutina con hilos transparentes. La biblia sólo es un relato, una forma de explicar todo ese lío con palabras fabulosas. Las demás religiones también tienen sus libros sagrados y sus historias, y en el fondo todas cuentan lo mismo: que existe alguien o algo invisible que nos protege y nos une y a quien estamos unidos sin saberlo, y al que un día regresaremos. Existe. Yo sé que muchos necesitan creer en figuras como santos y vírgenes para que les cuadre. Lo necesitan, es un poco primitivo pero lo necesitan, no les sirven las abstracciones, es como, no sé, como el átomo, el átomo es invisible e indemostrable, creer en el átomo es una cuestión de fe, necesitamos que el profesor dibuje en la pizarra esos triángulos y esos círculos que no son reales, que también son figuras.

Aunque no tenía mucho más de veinte años, MaiT era una neocristiana instruida en el Evangelio y el Método, desprendida de todos sus bienes y con responsabilidades doctrinales. Vivía en la casa de las yucas y desde el desayuno hasta la cena compartía con los demás cada minuto: dormían en cuartos comunales, cocinaban y almorzaban juntos. Apenas estaban solos el tiempo justo de la ducha y el retrete, de modo que nadie tenía pensamientos propios ni singulares, lo que decía uno ya era convertido enseguida en la idea de otro, no había modo de distinguir nada en medio de todo ese puchero de verborrea. Es común entre los neocristianos: no paran quietos ni en silencio sino cuando caen rendidos en sus colchones. O cuando se besan.

MaiT decía: yo no creo que seguir a Jesús signifique sacrificio ni represión ni renuncia ni soledad. Yo no reprimo *nada* que me apetezca hacer, pero resulta que lo que me apetece hacer es seguir a Jesús, así que no me siento prisionera ni sierva de nadie, sino dueña absoluta de mis decisiones y de mi libertad; y antes, en cambio, antes era esclava de un millón de cosas: del trabajo que debía conseguir, del dinero que debía ganar, de los novios que debía tener, de la ropa que debía comprarme, de los pensamientos correctos que se esperaban de mí. ¿No os habéis fijado en cuánto se parece una corbata a una soga? ¿Y cuánto el maquillaje a una máscara? Se trata de eso: de que sepas que estás atado y que te avergüences de ti. Frente a toda esa porquería hay que rebelarse. Y la rebeldía, mi rebeldía, es seguir a Jesús. Pero de nada sirve que te digan: cree en Jesús, sigue a Jesús. Si te lo dicen y te dejas convencer sin más, estás perdido, te someterás a una idea que no es tuya, que no hiciste tuya, y esa ligadura un día te pesará demasiado, pensarás que la carga es mucha, que el compromiso es mucho, y abandonarás para siempre. No, ésa no es la manera de seguir a Jesús. Tiene que salir de ti, tienes que ser tú mismo quien decida si quieres creer, y también quien encuentre tu manera propia de creer, tu imagen mental, tu construcción. Como los problemas de Matemáticas. Aprenderás muy poco si te los dictan y te dan la solución al instante, sin darte tiempo para que llegues a ella con tus medios, aunque te equivoques, claro que te equivocarás, todos nos equivocamos muchísimo y nos alejamos del buen Jesús y al alejarnos aparece eso que la Iglesia antigua llamaba *pecado*.

Los sábados alternos tocaba acampada si hacía bueno, un rito esencial dentro del camino neocristiano. MaiT se encargaba de convencer a todos para que no faltaran, lo tenía fácil. En un cuartillo de la finca había ido almacenando tiendas viejas, linternas, sacos e infiernillos, sólo necesitabas llevar tu ropa y tus botas. Si Lecu hubiera escrito un diario de aquellos días, similar al Diario de Kitty pero sin gatitas ni florecillas en la portada, encontraríamos un apunte como éste:

«Solíamos acampar en un coto que tenía pinos y alcornoques y encinas y un río terroso que se vadeaba por un resalte de piedras y, en la otra orilla, un eucaliptal. El propietario de la finca nos recibía para abrirnos la cancela y llevarnos hasta la dehesa como si nos enseñara su casa y nos dijera aquí está la sala y aquí la cocina, podéis coger lo que queráis de la nevera. La finca era suficientemente extensa como para dar un buen paseo de un extremo al otro del vallado, aunque lo hiciéramos mil veces seguía siendo divertido cruzar el arroyo salpicando. En una campa mullida jugábamos al fútbol, y en un círculo que formaban los alcornoques clavábamos las tiendas. MaiT siempre defendía a los alcornoques y a las encinas frente a los eucaliptos, decía que eran crueles invasores que sangraban la tierra y se bebían el río, y debía de ser cierto porque cada vez había más fronda en los eucaliptos y menos agua en el río».

En cambio, lo que nunca habría contado Lecu en su diario es que:

«Un sábado aparecimos muy pocos en la parada del autobús. MaiT estaba muy decepcionada pero ese fin de semana fue el mejor de todos y estuvimos muy juntos y muy alegres y las horas pasaron lentas y llenas de historias, dimos un paseo nocturno como en una novela de María Gripe, hacía calor, algunos jugaban a perderse y a meterle miedo a MaiT, que corría muy cerca de mí, yo abracé a MaiT igual que nos abrazábamos en la misa cuando decían daos fraternalmente la paz...».

Y entonces MaiT besó a Lecu en la boca,
en la boca a Lecu
que había recibido besos en las mejillas y en la frente e incluso en los brazos y en los hombros, pero nunca en la boca
en la boca nunca
y la diferencia es mucha porque ni las mejillas ni los brazos ni los hombros se mueven, y en cambio la boca es una criatura que se retuerce y excreta y hace ruido, Lecu no sabía nada de eso hasta que MaiT, que siempre hacía lo que le venía en gana, perdió la cabeza aquella noche y lo besó en la boca, por lo menos durante un minuto, y eso es mucho, contad si no, niños, del uno al sesenta: uno, dos, tres, cuatro, cinco...

¿Cómo es posible que alguien bello y rutilante como MaiT besara con tanta saliva al invisible Lecu? ¿Cómo pudo el asteroide *Lecu* atravesar el campo de fuerza del cinturón estelar maitiano? ¿Y también alcanzó a unir las pecas del escote con un lápiz? ¿Y a distender el elástico de sus bragas? ¿Y a hacer un cuenco con sus manos para sostener el peso del escote? ¿Tomaba psicotrópicos MaiT? ¿Era una jipi depravada en vez de una verdadera neocristiana? ¿Es lo mismo una cosa y la otra? ¿Se convertirá esta papilla en un bebedizo de ciencia ficción, posible secuela de *El Aullido en el Espacio* o *Muerte en Marte?*

No, niños, nada de eso. Hay una razón bien sencilla. Y la razón es:

MaiT tenía veinticuatro años. El nene Lecu, dieciséis. El nene Lecu seguía siendo un crío, un bebecito, un niño chico medio retrasado, pero uno de esos niños chicos que intrigan y acojonan, taciturnos, pensativos. MaiT era viento libre. En la frente del nene Lecu ya crecía el mechón rojo de superhéroe, los ojos oscurísimos, el mentón a la raya, y ya gastaba espaldas de hombre fuerte, manos de hombre fuerte y voz muy tibia y delicada, fue un milagro que sobreviviera a los diez años solares, a las magulladuras de la Solución Final y luego a la hambruna del piso de la Sra. Amable Dos, su cuerpo debió de aprender a sintetizar cada molécula del alimento que ingería sin desperdiciar un gramo, había crecido saludable y hermoso pero pálido, desvalido. MaiT —de veras y en su cueva— estaba muy sola y quería abrazar a alguien de otro modo, besar a alguien de otro modo, el nene Lecu servía de perfecto peluche ya casi masculino, complaciente, un poco memo y otro poco no. Por otra parte, no era la primera vez que MaiT besaba en los labios a un neocristiano, y tampoco la primera que lo hacía en una de sus acampadas. El Sr. Alto y Locuaz, con quien discutía con frecuencia, lo dejaba correr y no prohibía las acampadas aunque llegaran cosas raras a sus oídos, siempre que fueran discretos y se guardaran de los ojos de los otros; además, sabía que sería insensato prohibirle nada a MaiT, porque prohibirle algo a MaiT sería decirle: hazlo. El Sr. Alto y Locuaz, sabio y prudente, había aprendido a mirar para otro lado. Pero en esto había una diferencia: hasta entonces MaiT nunca había besado a un cristianito tan peque, nunca uno tan peque había tenido tanta-tanta suerte, demasiada suerte para el nene memo.

Advertencia lúbrica: los besos de MaiT casi siempre quedaban en besos, no más. Alguna vez sí que hubo bum-bum en el cuartillo de las tiendas usadas pero fue con chicos mayores que venían de paso, pernoctaban en la finca, se marchaban pronto, no hacían daño a nadie, tenían la barba crecida y la ropa tan medidamente desarreglada como MaiT. Tal vez hacía mucho que un chico mayor de barba crecida no pasaba la noche en la finca, tal vez un amorcillo alado se posó sobre ellos; no: fue que Lecu era un tío tan guapo, tan fuerte y tan intrigante que de nada le sirvieron a MaiT sus subterfugios mentales ni sus tenues restricciones éticas.

Porque MaiT se puso tan caliente con ese beso nocturno que ya sólo pensaba en tirarse al nene.

En la mercería sólo vendían bufandas. El Hombre Raro le preguntó: ¿tú crees en Dios? Magui se quedó muda. ¿Qué clase de pregunta era ésa? Qué clase de pregunta, viniendo de un intruso al que Magui no perdonaría el hechizo de malas artes con el que había capturado a su madre, obligándole a cerrar la tienda y a mudarse a la finca, tan lejísimos. Ella no estaba dispuesta a enjaularse en ese criadero, no: se escaparía, se escaparía a diario, aunque tuviera que caminar por la grava hasta llegar al pueblo. Además, tenía la llave de su casa y eso significaba que podía pasar allí las tardes enteras: tardes enteras con Buenchico, nadie los molestaría durante aquel largo invierno, el frío apretaba los sillares del baluarte, la plaza estaba más pelada y desierta que nunca, en la mercería sólo vendían bufandas. La mamá de Magui apenas venía de cuando en cuando a recoger alguna cosa, no había peligro, y por otra parte estaba deseando que su mamá la sorprendiera, desafiante sobre la cama, desnuda, los senos casi tan hermosos como los suyos. La casa estaba fría y húmeda. Magui encendía una estufa de aceite, se desnudaba deprisa y besaba con tanta voracidad a Buenchico que el chaval se sentía pequeño, intimidado. La felicidad irresponsable, el invierno largo, qué frío hizo ese año.

¿Que si creo en Dios? Loco chiflado, brujo loco, que si creo en Dios, dice, Dios ha tenido que olvidarse de mí, Dios te ha enviado para joderme la vida.

Los cristianos sólo creen en el dios de la cruz pero Dios toma otros nombres y otros cuerpos, cuerpos mucho más hermosos que el de un hombre torturado, Dios se esconde detrás de cada cosa viva, hay un poco de Dios en el monte y en los ciervos y en las vacas, y hay otro poco en ti y en mí, pero, Magui, tú vives de espaldas a Dios, de espaldas a Dios y a los dioses. En la selva comprendes que…

¿En la selva? ¿Vas a largarme ahora un discurso místico? ¿Hay misticismo en las paletadas de boñigas que sacas del corral, en tu cara de indio puto, de falso indio puto?

... que la energía espiritual reside en la clorofila de las plantas, en la proteína que hace funcionar el músculo. La selva no se detiene, avanza, crece y conversa contigo, murmura silbidos y oraciones, y a veces el murmullo es un aullido y un lamento y... Magui, ¿me escuchas? Fabriqué este collar con semillas y huesos de pájaro, quiero que lo guardes, que sea tu amuleto, como un concentrador de energía, una pila voltaica para que tu vida no sea un guante vacío, Magui, despierta, despierta.

Una corrala de maniacos. El bloque era una corrala de maniacos. Desde el patio llegaban feroces discusiones, golpes tremebundos, llantos y ladridos. El nene Lecu se ponía de puntillas y agudizaba el oído para distinguir la voz de la mujer gorda que vivía sola y molía a palos a su perrillo, la del chaval canijo que amenazaba con cortarse el cuello si le volvían a decir que fuera al instituto, la del hombre que lanzaba vasos de cristal contra la pared de enfrente y zurraba a su esposa si la oía llorar en el baño. Pero otras veces el flujo se invertía y los llantos y los tremebundos golpes emergían del flamante pisito diminuto hacia el patio, como cuando, por ejemplo, la Mujer del Vestido Recatado maullaba sentada sobre las baldosas de la cocina o cuando el Hombre del Cráneo Enroscado le gritaba a nadie en la habitación y mordía las almohadas. En esas ocasiones, sólo en ésas y no todas las veces, el nene Lecu volvía a serpentear debajo de la cama, abarcando en una especie de abrazo los librillos de la colección *Anillos de Saturno,* gastados y aprendidos de memoria:

—*Te llamas Catarina, ¿verdad?*
El uniforme azul abotonado hasta el cuello hacía que se sintiera seguro. Se imaginaba a sí mismo como uno de esos oficiales que llamaban a los jóvenes a alistarse, aunque sobre sus hombros no hubiera ninguna insignia, sino el círculo y el aspa de los expedicionarios.
—*Te vi en la oficina de reclutamiento, creo que vamos en la misma nave.*
Catarina no dijo una palabra. Bajó sus ojos amarillos y asintió, delicada y sumisa.

Los Nueve. Una vez al mes, el Sr. Alto y Locuaz se reunía con los Nueve en la finca. Confiaba en ellos, no les imponía doctrina alguna, no les daba consejos ni instrucciones. Les decía que cada cual buscara el modo de contagiar el Mensaje y dibujaba círculos concéntricos en una hoja, seremos como las ondas en el lago al caer la piedra, no hay prisa, no hay ninguna prisa, el reino de Dios no se construye en dos días.

Uno de los Nueve, la Mujer con Cara de Niña, cuidaba de la granja. La granja era una pieza crucial, sin ella el resto se desmoronaba. El Sr. Alto y Locuaz se preocupaba de que todo marchara bien, el tratamiento, los talleres, la vigilancia. Aunque confiaba a ciegas en la Mujer con Cara de Niña, no terminaba una semana sin que el volvo recorriera el camino de grava hasta la cancela y su voz sonara como pirotecnia al entrar en el invernadero, la Mujer con Cara de Niña corría con un trote gracioso a estrecharlo entre sus brazos. Los demás levantaban la vista de su macetilla o de la figurita que moldeaban, miraban la escena sin expresión y volvían a hundir los dedos en el mantillo o en el barro.

Los Nueve vivían repartidos en ciudades medianas. Siguiendo los pasos del Maestro, se habían ganado la confianza de párrocos aburridos, semejantes al Cura Cascado, y en los pequeños salones parroquiales habían fundado grupos de jóvenes catequistas con los que nunca hablaban de la finca ni de la granja ni, por supuesto, de las reuniones con el Sr. Alto y Locuaz. Algunos obtenían importantes triunfos, tomaban el té en el palacio arzobispal y los domingos escribían una columna para el periódico. Otros, en cambio, despertaban la suspicacia de un obispo incómodo, el desprecio de una cofradía beatona o incluso citaciones judiciales y alguna bofetada en la calle, no importa, el buen Jesús encajó muchos salivazos en el templo, con agudas espinas lo coronaron rey de los judíos, fue bufón, preso, mendigo.

Los Nueve oraban, cantaban y reían a carcajadas en esas reuniones campestres: se amaban, celebraban la fortaleza, la tenacidad, la ligazón intacta después de tantos años. Eran felices, todo marchaba mejor que nunca. Las iglesias bullían los sábados por la tarde, los catequistas crecían, las vigilias y los bautizos por inmersión eran multitudinarios (la guardia acudió a la finca alarmada por la ristra de coches que se arremolinaban, todos traían comida, tiendas de campaña, sillas de playa, era tan divertida la verbena que los agentes se quedaron a tomar un bocadillo). El Sr. Alto y Locuaz estaba entusiasmado, *sé que mi redentor vive y que se alzará el último día sobre la tierra,* se hacía acompañar de Lecu en los oficios, llevaba consigo un cuaderno donde apuntaba cada cosa que se le ocurría, eran muchas ideas, demasiadas ideas para su pobre cabeza gastada de tanto verbo pero aún se sentía robusto e ingenioso, y si alguna vez le flaqueaba el ánimo cuando, por ejemplo, recibía un aviso de la inspección fiscal, le bastaba con mirar al joven Lecu, *aunque los gusanos destruyan este cuerpo, en mi propia carne yo veré a Dios,* y ya le regresaba el fervor y ya abría de nuevo las manos y se ponía de pie sobre la silla tambaleante y cantaba con voz de tenor *porque Cristo ha resucitado de entre los muertos, el fruto de los que aún duermen.*

Pensó que era el momento oportuno: no debían ser egoístas ni rencorosos, era justo que compartieran tanta energía y tanta felicidad con la Vieja Iglesia, devolver la torrentera de la lluvia de mayo al caudal matriz para refrescar las aguas estancadas, etcétera, decía para sí. Y tal vez así obtendría cierta ayuda para espantar a los moscones de la inspección fiscal.

De modo que un sábado después del oficio, cuando ya todos se habían marchado y Lecu regresaba con un beso en la frente al pisito diminuto, el Sr. Alto y Locuaz se preparó una infusión, abrió el cuaderno, hizo clic en el bolígrafo de la caja de ahorros y comenzó a escribir con prosa firme una carta al cardenalato solicitando audiencia. Solicitando audiencia, sonaba a cosa seria, a cosa de verdad, a película. Quiso que el tono no fuera mendicante ni ceremonioso sino convincente, asertivo, rompió varios borradores que resultaban demasiado arrogantes y a medianoche releyó en voz alta el último, lo consideró adecuado y lo firmó con un garabato viril, *pronto haré temblar los cielos de nuevo, y la tierra y el mar y los continentes, y haré estremecerse a todas las naciones, y el deseo de todas las naciones será cumplido,* eso es.

Pasó un mes sin respuesta. Pasaron dos. Al tercero decidió escribir una nueva carta. Al cuarto comenzó a enviar una cada semana con acuse de recibo. Después de acabar con un juego de escritorio completo, una mañana recibió un sobre con el sello pontificio. Dentro había una tarjeta sencilla con una fecha y una hora manuscritas.

No quiso decírselo a los Nueve. Ni siquiera a la Mujer con Cara de Niña.

¿Y bien? Parecía un despacho de abogados, con azetas rellenando estanterías de arriba a abajo, moqueta gris, mesa de reuniones, máquina de escribir, cigarrillos, mechero recargable, cenicero de cristal. La ventana daba a un patio hermoso donde se elevaban dos gigantescas araucarias. El cardenal llevaba pantalones negros, camisa y alzacuellos. No vestía púrpura ni sotana, ni le ofreció el anillo para que lo besara, sino una mano nudosa y formal que apretaba con firmeza. El Sr. Alto y Locuaz llegó a pensar si no sería un lechuguino con el que quisieran darle un poco de coba y viento fresco, pero detrás de las gafas de concha creyó ver el mismo rostro sulfúrico que aparecía en las fotografías del *ABC,* sí, era él, seguro. Le pareció que sonreía, era difícil saberlo:

—Has insistido mucho.

—Eminencia...

¿Eminencia, padre, reverendo? ¿Cuál era el tratamiento adecuado?

—Siéntate. Tú dirás. Tu carta debe de andar por aquí.

Buscó sin ganas en un fajo atado con gomas.

Le sorprendió que le tuteara tan bruscamente y pensó si no lo confundiría con otra persona, algún conocido que también tuviera cita ese día, un asunto rápido que despachar con agilidad, pim-pam, yo no te puedo dar lo que me pides y listo, tal vez ese a quien ahora creía tutear ya estuviera esperando en la salita de la estufa catalítica y las revistas, árida como la consulta de un dentista. Buscó la primera frase. Quiso que fuera una frase directa y enérgica que contuviera una petición amable pero también un ofrecimiento entre iguales, esto te conviene a ti tanto como a mí, je. Seré imbécil, se dijo. Demasiado había confiado en su locuacidad, en el desparpajo y el verbo fácil, nunca hasta entonces le habían faltado las palabras, es cierto, más bien sucedía al contrario, su problema consistía en que las palabras eran abundantes, excesivas, un excedente que se acumulaba en su cabeza y del que se limitaba a seleccionar algunas, seré imbécil, se dijo, ni siquiera he pensado qué voy a decirle, no en vano durante tantos años se había acostumbrado a hablar sin pensar, hablar y hablar y hablar sin detenerse recibiendo a cambio el pasmo y la simpatía devota de sus interlocutores, imbécil del carajo, se dijo, ni siquiera una primera frase te preparaste.

—¿Y bien?

Idiota. El volvo regresaba tronante dejando el scalextric de Ciudad Gigante con movimientos veloces, zigzagueando entre las cabezas tractoras que expulsaban su carga en los polígonos industriales, las largas lombrices de los camiones de mercancías peligrosas, las orugas lentísimas que transportaban sobre el lomo piezas gigantes para la construcción de un viaducto, ortodoncias de dinosaurio. El Sr. Alto y Locuaz jugaba al rally entre mamuts y diplodocus, era un bólido ligerísimo el suyo, el viejo motor revolucionado a cinco mil, los neumáticos dejándose las suelas en cada frenada: el Sr. Alto y Locuaz recibía insultos y amenazas desde las cabinas y sentía sobre el puente de su nariz el peso de las gafas de concha, el humo del tabaco en las solapas de su chaqueta cepillada. Pero ¿qué tenéis que aportar vosotros a la madre Iglesia?, pequeñas hormigas insignificantes, ¿tenéis colegios, universidades, fundaciones, clubes sociales? ¿Tenéis donantes generosos, acuerdos financieros, fondos de inversión, o sólo el menudeo de casas robadas a viejas piadosas, de descampados urbanizables arrebatados a yonquis? ¿O te refieres a ese ejército que te acompaña, esa turba de puteros arrepentidos, de olisqueadores infantiles, borrachos, amas de casa que se juegan el monedero en las tragaperras? ¿Ese ejército de improductivos, ese ejército de mierda es tu oferta, el escudo que traes aquí con tanta arrogancia, la prenda con la que pretendes conchabar conmigo? ¿A cambio de qué? Porque, a ver, ¿en qué seminario te ordenaste tú, de qué congregación saliste, cuáles son tus votos, eres sacerdote de dónde, diácono de qué? Tss, tss, alégrate de que no levante el teléfono y llame a esos pobres curas a los que tienes engañados para que te cierren la puerta en las narices, ¿bautizos por inmersión?, ¿desnudas a los niños delante de todos, los tomas en brazos, los sumerges tú mismo? ¿Quieres que eso se sepa, que mande a un reportero a hacer unas fotos, quieres que se diga por ahí que un grupo de jipis cristianos se reúne en el campo para desnudar críos? (Le gustaba al capellán sentarse en el patio de las glicinas y los helechos, tomarse la copita de jerez que aquellas verdaderas almas de Dios le ofrecían y hablar con los pobres chavales que no tenían a nadie en el mundo, cómo se reía a carcajadas cuando alguno, en su bendita inocencia, decía yo quiero ser Príncipe de la Iglesia de Roma, ¡claro que sí, muchacho!, ¡tú dale duro al álgebra y a la geografía que seguro que llegas!, ¡todo depende de cuánto lo desees, de tu empeño, de tu fuerza de voluntad!, ¿qué importa que seas un huerfanito desgraciado, que no tengas donde caerte muerto, que si no fuera por estas santas hermanas estarías hecho ristras en una cuneta, como un gatito con todo el mondongo rosado sobre el asfalto, pero qué importa, eh?).

El volvo no iba a detenerse jamás, cruzaría toda la Mancha en un alarido, atravesaría el paso de los montes, bajaría el valle, seguiría la torrentera y se lanzaría al mar desde las ruinas de Bolonia como el hombre bala desde su plataforma, y allí el océano azulísimo y frío limpiaría las lágrimas y la vergüenza, la vergüenza y la rabia, la rabia y la certidumbre de saberse un imbécil del carajo, un idiota descomunal, un memo gigantesco como las araucarias, un mamahostias colosal, bíblico. *Oh, muerte, ¿dónde está tu aguijón? Oh, sepulcro, ¿dónde está tu victoria? El aguijón de la muerte es el pecado, y la fuerza del pecado es la ley.* Aquella noche no declamó los salmos, no quiso cenar, guardó silencio durante los relatos vivenciales, no compartió el afecto y los bizcochos de los demás. ¿Qué te pasa?, le preguntaron. ¿Te encuentras bien? Estaré incubando algo, se esforzó por sonreír. La Mujer con Cara de Niña le puso la mano en la frente. El Sr. Alto y Locuaz la apartó con aspereza, se levantó y salió al patio. Caía una buena rociada, el relente cuajaba en los huesos y el Sr. Alto y Locuaz paseaba en camisa. La noche era fría y oscura, sin una estrella.

Entra en escena Mujer con Cara de Niña, *camina hasta su lado y se detiene.*

Mujer con Cara de Niña: Ayer, durante el almuerzo, no dijiste una palabra y te levantaste de pronto, como ahora.
Sr. Alto y Locuaz: Hace frío. Vuelve adentro.
Mujer con Cara de Niña: Te pusiste a pasear, cavilando y suspirando, y al preguntarte qué te pasaba me miraste severamente.
Sr. Alto y Locuaz: Vuelve. Te quedarás helada.
Mujer con Cara de Niña: Insistí y con un mal gesto te alejaste, igual que ahora.

Sr. Alto y Locuaz: No me siento bien.

Mujer con Cara de Niña: ¿Y por eso andas desabrigado y te expones al aire de la noche? ¿Por eso sales en camisa a la intemperie? No, no, ésa no es la causa de tu malestar.

Sr. Alto y Locuaz: Calla, prefieras no saberlo.

Mujer con Cara de Niña: Crees que por andar todo el día entre esa gente maltrecha no me entero de las cosas que ocurren, y te avergüenza lamentarte delante de mí, llorar delante de mí, sentirte débil al lado de alguien tan débil como yo.

Sr. Alto y Locuaz *(con las palmas abiertas cubre sus mejillas)*: Eres la más noble, la esposa que no tuve, la hija ilustre de la república de Dios. No, no me avergonzaría jamás de llorar contigo.

Mujer con Cara de Niña: Entonces tengo derecho a saber qué te desvela, qué te impide hablar y abrazar y besar a tus amigos, y tomar mis manos y llevarlas a tu pecho, qué idea conspira en tu mente y te atrapa.

Pausa. Sr. Alto y Locuaz *vacila.*

Sr. Alto y Locuaz: Nada que tenga verdadera importancia.

Enfurecida, Mujer con Cara de Niña *retrocede.*

Mujer con Cara de Niña: Les pedí que no te lo dijeran por el momento, que esperaran un tiempo, que si fuera necesario yo hablaría con ellos y... Pero veo que no me han hecho caso. *(Pausa)* Sólo es un niño, no seas tan severo, esos deseos malsanos... Ni siquiera creo que sepa lo que hace... Y ella...

Sr. Alto y Locuaz: ¿Ella? Ella... ¿quién? ¿Quién es Ella?

La noche era oscura y fría, caía el relente como una lija. Las puntas de los eucaliptos temblaron al oír la cólera, oh, musa, del Sr. Alto y Locuaz comprendiendo la magnitud del engaño, la Traición de MaiT, cólera funesta que causó infinitos males y precipitó muchas almas al abismo, ¿cuál de los dioses promovió la contienda?, ¡atridas y demás aqueos de hermosas grebas, temblad!, ¡no veréis la luz del amanecer!

El Sr. Alto y Locuaz ya pasaba de los cincuenta. Comenzaba a sentirse viejo y gastado. Albergó sentimientos horribles, horribles.

La Casa de las Yucas. El volvo esperaba al ralentí. Lecu era un cascabel que bajaba las escaleras de cuatro en cuatro. A punto de despeñarse en cada tramo, sentía los pies ligeros como un atleta, ya no le pesaban los libros ni la monotonía ni la soledad del flamante pisito diminuto porque cada tarde decía voy a la parroquia y cogía un autobús que llevaba a la Casa de las Yucas, sonaban campanitas en sus tobillos mientras corría como el rayo hacia MaiT.

MaiT tenía un privilegio no pequeño dentro de la Casa: dormía sola en un cuarto, un cuarto propio con puerta incluida e incluso pomo y cerradura, verdadero privilegio. Los demás se amontonaban en literas y camas nido sin ninguna privacidad porque en la Casa no había nada que debiera ser ocultado —era consigna—, ni las ideas ni las lágrimas ni el pudor, y lo normal era que la puerta de MaiT permaneciera abierta, pero sólo la posibilidad de entornarla y ocultarse le proporcionaba un rango. Algunas veces se encerraba con alguien necesitado de nutrición ideológica cuando la carga se le había hecho penosa en exceso o si la sensación de perder el tiempo se había vuelto insoportable. Preparaba una infusión, descorría las cortinas, se sentaba en la cama con las piernas cruzadas —la taza calentando sus manos—, hacía pasar al chico enfermo del alma o a la chica resentida del ánimo y comenzaba a hablar de esa manera suya, ya dudas, ¿ves?, te advertí de que si no encontrabas tu propio camino todo esto sería muy difícil, pero ahora entiendo —casi llorosa—, ahora entiendo que tal vez fue mi culpa, que quizá os contagié lo mío demasiado pronto en lugar de permitiros que buscarais lo vuestro, tienes que perdonarme, no he sabido hacer que comprendieras, que encontraras.

Era imposible sostener esa mirada desde el interior de la taza, la nariz metida en la infusión, el trapecio de luz de la ventana enmarcando su rostro como un foco ilumina una estrella de cine, la voz tibia de MaiT acariciando las palabras, el vapor de la menta poleo que desprendía el mismo olor que el bosquecillo de eucaliptos, quién se resistía, quién: los chicos caían fulminados, las chicas se conmovían al ver tanta pureza, tanta honestidad, y querían acurrucarse a su lado y abrazarla y besarle el pelo y dejar que esa sustancia mágica las manchara también a ellas, y aunque ya tuvieran listas las maletas y un reproche como despedida, nadie se iba nunca de la Casa de las Yucas, después de la charlita de la menta poleo, nadie, todo agravio y rencor se deshacía, la ropa regresaba al armario, la cremallera de la maleta se cerraba y el débil, el casi fugitivo acababa diciendo esta noche yo preparo la cena. El Sr. Alto y Locuaz comprendía que prescindir de esa habilidad por un acceso de ética y castidad sería un disparate, que no se note demasiado, pensaba, basta con eso.

Pero el Sr. Alto y Locuaz no contó con:
    la fuerza atractiva del flequillo rojo de superhéroe,
       el mentón partido en dos con hoja de navaja,
          los ojos oscurísimos como de maquillaje,
             la piel blanca-blanca de las mejillas,
                la boca delgada como un sobre,
con nada de eso contó el Sr. Alto y Locuaz.

Y entonces al cuerno con el dique de la moral cristiana tan diluida, al cuerno los reparos del no-debería-hacerlo. Pocos días después del beso nocturno en el bosquecillo de eucaliptos, el chaval entró en su cuarto a la vista de todos, como un amante de otro cuento distinto. Cerraron la puerta, corrieron las cortinas, se sentaron juntos en la cama. A los dos les dio la risa y volvieron a besarse del mismo modo que aquella noche en el bosquecillo y, vaya, resulta que Lecu besaba bien, joder que si besaba bien para tener esa cara de susto.

La puerta de MaiT se cerraba cada vez con más frecuencia. Los débiles y casi fugitivos rabiaban. Ellas se echaban las manos a la cabeza, diciendo cómo puede, delante de nosotras; ellos se mordían los puños pensando cómo pudo y no nosotros. No hablaban de otra cosa, cuando Lecu llegaba dando saltos a la Casa de las Yucas ponían caras largas hasta los pies, qué haces aquí, y él, todo ingenuidad, respondía he quedado con MaiT y antes de que les diera tiempo a decir MaiT no está o MaiT ha pedido que no la molestes o lárgate, déjala en paz, no te das cuentas de que tú eres un enano y ella Lejana Supernova, antes de todo eso ya aparecía MaiT-Rutilante en el umbral y lo tomaba de la mano y se escabullían sin decoro en el dormitorio, puerta cerrada, clic-cloc, ahora cualquiera sabe lo que sucede ahí dentro.

El chisme salió de la Casa de las Yucas con todas las palabras colocadas en su sitio, las más sucias en primera fila (muy descriptivas, muy), los argumentos (muy chiquitos, muy) detrás; y prontísimo se esparcieron las esporas infecciosas y una nube de pringue llevó el chisme a la granja, y la Mujer de la Cara de Niña se levantó ese día con las mejillas churretosas y pensó se va a fastidiar todo, todo se va a pudrir por culpa de esa niñata, y dijo no se lo contéis, por favor, no le contéis nada, yo buscaré la forma de hacerlo, se pondrá furioso, muy furioso y muy deprimido cuando lo sepa.

Y se confundió. Porque si la Mujer con Cara de Niña se hubiera tragado la lengua en aquella noche de relente puede que el Sr. Alto y Locuaz nunca se hubiera dado por enterado, pero cómo evitarlo una vez que el asunto ya tomó palabras, ya circulaba y existía, ya socavaba todas las mentes neocristianas, relamiéndose, mortificándose, rabiando de envidia y excitación, cómo mirar para otro lado.

De modo que el volvo esperaba al ralentí y Lecu ya superaba de un brinco el último tramo de las escaleras, abría la puerta, se sentaba como cada mañana al lado del Sr. Alto y Locuaz sin darse cuenta de que en el asiento trasero lloriqueaba a moco vivo Mai-Ojos-Hundidos, tan triste, tan consumida que la T de trinitrotolueno había desaparecido de su nombre.

El Sr. Alto y Locuaz echó los seguros. Condujo sin decir una palabra. El camino era distinto. En un vuelo atravesaron barrios y avenidas desconocidas, Lecu sólo conocía el camino del piso diminuto a la parroquia, de la parroquia a la Casa de las Yucas, de la Casa de las Yucas al colegio.

Pero no el camino de la estación de autobuses.

No el camino de *no volveremos a vernos*.

No el de *recordarás esto toda tu vida*.

Toda tu vida, que acaba en este instante, que se pierde en el flujo naranja que exhala la iluminación del túnel, las paredes de cemento son el cofre, Mai está sentada detrás de ti pero ya no es Mai, ya es un despojo que gime y llora y moquea, no volverás a verla, no volveremos a vernos.

Al pie de la escalera de la estación de autobuses, el Sr. Alto y Locuaz abrió la puerta. Mai-Muda-y-Envejecida bajó del coche y escapó con un trotecillo herido. Lecu quiso salir detrás de ella pero el coche arrancó enseguida aunque el cuello de Lecu siguiera torcido en busca de.

El Sr. Alto y Locuaz comenzó a hablar. Habló mucho, mucho pero Lecu no habría sido capaz de repetir ni una sola de las palabras. La ventisca ya iba atestando el coche y trepaba por sus pies y sus manos, Lecu no oía ni veía ni pensaba, los ojos fijos en el cristal mientras las palabras derretidas ya encharcaban el suelo y embarraban de lodo y saliva sus zapatos.

Daban las diez cuando llegó al colegio, y eso significaba llamar a la puerta, cruzar el pasillo, pedir disculpas y permiso para entrar en el aula, etcétera. Llenó los pulmones y pulsó el timbre como si se zambullera en una piscina. El bedel dijo qué te ha pasado, muchacho, vaya cara que traes. Las horas transcurrieron lentas, quién podría reproducir el ruido interior del muchacho, encontrar una fórmula que condense el bullicio en su cabeza, el lagrimeo sin moco, la devastación, ¿sacrificio de cien bueyes, libación de células grises, riacho de pensamiento perdido?, naaa, basta con decir *pasó las horas distraído,* cada cual componga la imagen insoportable utilizando de modelo sus propios temores: dibujo de Lecu atormentado. Al salir no vio las dos ruedas sobre la acera ni las gafas de cristal azul del Sr. Alto y Locuaz. Cuando ya no quedaba nadie, el portero dijo voy a cerrar, ¿quieres que llame a tu casa?

Buenchico. Si a Magui la ensombrecían los pensamientos oscuros sobre la muerte, el abismo y todas esas cosas, solía discurrir como la mayoría, diciendo eso no me va a pasar a mí, y en cualquier caso falta mucho, muchísimo para que ocurra. La mundanidad de los vaqueros de Buenchico era un escapismo muy eficaz para eludir el agobio de los pensamientos existenciales de la adolescencia y la comezón de *yo tuve una vez un papá y ya no lo tengo,* de *yo tuve una vez una mamá y un indio le lavó* *el cerebro,* y de *qué va a ser de mí, qué voy a hacer conmigo si no hay lugar en este pueblucho donde me dejen en paz.*

En aquellos días, Magui tenía pocos intereses, establecidos jerárquicamente de este modo: devorar a Buenchico, imprimir en sus muslos el sello de los botones de Buenchico, esquivar los sermones espiritistas del indio chiflado, huir de la mazmorra pútrida del indio chiflado, recuperar a mamá, salvar a mamá, darle cuerda al reloj de cuco que cuelga en el salón donde ya nadie vive.

La humedad se iba comiendo las paredes. Magui solía escapar de la mazmorra en cuanto terminaba de comer, corría por el camino de grava y llegaba a su vieja casa una hora antes de que Buenchico llamara al portero automático. Así le daba tiempo de encender el radiador de aceite y airear las habitaciones, que olían a bodega. Las sábanas estaban mojadas, la ropa enmohecía en los armarios, la cal se comía los cromados del baño y en el pocillo del váter había una mancha oscura que no quitaban la lejía ni el estropajo. Como una novia oriental, Magui preparaba el lecho, se esmeraba. Si mamá le hubiera dado algunas monedas (el dinero, decía el indio, es el diablo, aleja a tu hija del dinero), habría comprado flores, velas y espejitos, como en las pelis americanas. Le gustaba mirarse doscientas veces en el espejo, lavarse en el bidé, olerse el pelo, cortarse las uñas (le gustaba tener uñas de niña pequeña, le gustaba ver sus manos de niña pequeña alrededor de la polla de Buenchico), todo eso lo repetía con paciencia, pero a veces Buenchico tardaba demasiado y a ella le sobraba tiempo para caldear la habitación, cambiar las sábanas, perfumarse el sexo con polvos de talco, darse besos en el espejo, y entonces se sentaba en la sala o en el borde de la cama y cerraba los ojos, y los muebles y las esquinas y las cornisas y las ventanas se volvían de plástico blando y formaban vórtices raros, y en uno de esos vórtices Magui tenía cinco años y en esa misma habitación papá la aupaba o en la cocina mamá le enseñaba a liar croquetas, le encantaba pringarse las manos, meter la cuchara en la masa y comérsela cruda pero mamá le decía te va a doler la tripa y era verdad porque cada vez que mamá miraba para otro lado ella metía la cuchara en la masa y una noche se puso malita y vomitó y se hizo caca encima y mamá tuvo que cambiar las sábanas y lavar el pijama y limpiarle el culo en el bidé con una esponja, los pies no le llegaban al suelo, el mismo bidé en el que ahora se lavaba para Buenchico.

Buenchico tenía clases de inglés a las siete. Cuando se retrasaba no quedaba tiempo para nada que no fuera sentarse, él debajo y ella encima enroscándolo con sus piernas, los botones de los vaqueros imprimiendo Lee en sus muslos como un reclamo de animación a la lectura, la nariz de Buenchico en el escote naciente de Magui, ya casi tan bonito como el de su madre. Buenchico nunca faltaba a las clases, a las siete menos cuarto terminaba de vestirse y le daba un beso de despedida como una pareja de las de verdad, de las que viven juntos y tienen una aspiradora y una tarta en la nevera, a Magui también le gustaba eso, que Buenchico se despidiera de ella como si trabajara en una oficina de seguros y ella tuviera que recoger la casa y llevar a los niños al cole. Pero a veces se examinaba en Ciudad Mediana o iba al dermatólogo o jugaba al fútbol en el polideportivo, y entonces no venía o sí pero llevaba chándal en lugar de vaqueros y se marchaba muy pronto sin tiempo para otra cosa que besarse y buscarse debajo de la ropa. Magui se quedaba sola en aquella casa deshabitada, la humedad chorreando en las paredes, las manos heladas sobre el radiador de aceite, se sentía muy triste y muy sola y al día siguiente le pedía que para compensar se quedara con ella hasta que se hiciera de noche, tomaba sus manos y las ponía en su culo, besaba su cuello, pero él era imbécil y obediente, decía mi madre me va a matar si falto otra vez, seguro que llaman de la academia para decírselo. Ya Magui no lo oía, sólo pensaba que todo era así de estricto, todo tan parcelado (la casa y la mazmorra, las clases por la mañana y la academia por la tarde, el horario inflexible del almuerzo y la cena, etcétera), y se mete en la cama y mira las manchas de humedad de la pared y, como si fueran nubes, dice ésa parece un gato, ésa un pájaro, ésa un demonio.

Magui hacía cosas raras. Por ejemplo, discutir a muerte con los profesores más simpáticos. Por ejemplo, saltarse las clases y subir al monte para cualquiera sabe qué. Por ejemplo, perseguir a Buenchico como una loca de cuento, darle besos de cine delante de todos, nadie hace esas cosas aquí, no en el pueblo de las vacas bobas. Los compañeros alimentaban la esperanza de que en alguna de sus rarezas cupiera la insólita posibilidad de que rompiera con Buenchico y se encerrara con ellos en los lavabos del instituto. Las compañeritas la daban por perdida, es una tarada y una cerda, decían. Pero a Magui le importaba un cuerno. Magui tenía a Buenchico, tenía ojos bonitos, tenía mejillas lisas, manos de niña pequeña, una madre idiota, un indio comecocos en casa, una nube rara sobre su cabeza: ése era el recuento de cosas que aguijoneaban su vida cuando, de noche, le venía de no sabía dónde un miedo feroz a morirse, a cerrar los ojos y morirse y no volver a abrirlos jamás.

Por muy bonita que fuera Magui, a Buenchico le interesaban asuntos que la excluían: el polideportivo, el primer whisky del fin de semana, el colegueo hombruno y, especialmente, las miradas de las demás adolescentes que querían devorar lo suyo después de que su osmótica novia lo convirtiera en ídolo de bronce con sus exhibiciones de amor cinemascópico. Era hermosa, sí; no había unos senos tan ingrávidos en toda la comarca, cierto; ninguna de las pavas del instituto tenía esa simplicidad cachonda, ese aroma imperecedero a suavizante, esa curva de alabastro en su cuello cuando se recogía el pelo; pero contra una magui hermosa competían diez irenes, quince silvias y siete susanas excitadísimas, alguna cintia fingidamente apocada que enseguida se desabrocha el sujetador, un par de cármenes de las que te aprisionan en la tapia doblando una rodilla, envolviendo una pierna con la tuya, la palma de la mano abierta sobre tu pantalón. No cabía duda: la chifladura romántica de Magui había convertido a Buenchico en un arquetipo para todas aquellas niñitas. Demasiado laurel.

Y en cambio Magui necesitaba a Buenchico cada vez con mayor fiereza para escapar del indio transformador de voluntades. Sin aquellas tardes en la casa vacía no habría mantenido la cabeza sobre los hombros, con papá inexistente y mamá abducida, los aforismos selváticos, no comas nada que tenga más de tres ingredientes, el azúcar es veneno, el mundo que habéis construido os ha alejado de la raíz, la verdad esencial de los elementos puros.

En el refugio de la casa deshabitada, a veces lloraba sobre su camisa. Él le decía cosas dulces para calmarla, ella se sentía tan satisfecha de ser su novia, de que todo el mundo supiera que era su novia, le encantaba la palabra *novia*. Magui no podía soñarse besando a otro que no fuera a Buenchico, imaginaba que se marchaban a vivir a una ciudad hermosa, imaginaba que se quedaba embarazada y que él protegía su vientre con aquellas manos que tanta pericia habían adquirido en otras concavidades.

No hubo declaraciones ni broncas ni rupturas fulminantes. Un día él no acudió, sin más, y ella no se atrevió a reprochárselo. Otro día esquivó un beso que se estrelló en la comisura. Otro ni siquiera se besaron. Y una semana más tarde ya el portero automático no sonaba. Magui supo que andaba enredado con la chica del videoclub, se los imaginó detrás de la cortina de las cintas para adultos imitando las carátulas.

Pudo haberse dejado machacar por la tristeza y la inacción, abandonarse, perderse, refugiarse en su cama y continuar el modelo que su madre expuso. Pudo haber metido en una bolsa algunas cosas, largarse para siempre, dejar que su foto apareciera en un programa de televisión diciendo joven desaparecida. Pudo haberse cagado encima de nuevo, llorado en el recodo de la mazmorra suplicando que su mami fuera a limpiarle el culo y a patear el del indio puto de vuelta al Amazonas. En lugar de todo eso, Magui actuó con raciocinio. Lloró unos días, abrió un cuaderno, apuntó tres frases veloces y tomó una resolución: terminaría el bachillerato, pediría una beca y se marcharía limpiamente del pueblucho a un lugar donde hubiera humanos y no híbridos vacunos, sí, eso haría, se pondría a estudiar como no lo había hecho nunca, abandonaría Mundo Rencor, *descansada vida la del que huye del mundanal ruido y sigue la escondida senda,* mandaría al infierno a Buenchico, a la tonta del videoclub, a los compañeritos pajilleros, a su padre fugitivo, al indio puto e incluso a su madre chiflada, destruiría todo aquello a escupitajos y se largaría a Mundo Nuevo, fácil, muy fácil, sólo hay que estudiar a tumba abierta, pasmar a los profesores, brillar en los exámenes, escapar, escapar *en una noche oscura estando ya mi casa sosegada,* pero había perdido mucha cuerda en las clases, los algoritmos le resultaban el mismo enigma que el diablo inventó para confundir a esa doncella de amores inflamada que *quedose y olvidose y reclinose sobre el amado,* los derrubios y las morrenas terminales, los estratocúmulos, las regencias y pronunciamientos militares: todo formaba una pasta grumosa dentro de su pobre cabecita, aplicada en los cuadernos limpísimos, en los apuntes siete veces corregidos, y sin embargo los exámenes ruinosos, la decepción, aquel verano de esquemas, cuadros sinópticos y asco, y *quedose y olvidose y reclinose* sobre ningún amado.

Territorio conquistado. El mechón de superhéroe era una bandera de territorio conquistado sobre el vientre de MaiT. Sentado en la acera, Lecu pensaba en eso: se veía a sí mismo como en el cine, la cámara encuadraba una rodilla de MaiT detrás de su nuca, la llama roja cubría su ombligo, los senos temblaban como bolsas de agua que contuvieran un pececito, detrás de la puerta de cartón los pasos inquietos de los demás inquilinos de la Casa de las Yucas subían y bajaban una escalera inexistente, tac, toc, tac, toc. Ahora nada de eso es cierto, nada existe en ninguna parte, nada distinto de la piedra de la acera, el rectángulo gris sobre el que acaba convenciéndose de que es mejor que eche a andar, el volvo no va a aparecer en la esquina, por mucho que mire el espejo curvo no verá la imagen deformada de los faros, la reja del radiador.

Se levanta y camina, olvidando los libros en el suelo. Apenas reconoce las calles, se pierde muchas veces, trata de identificar ciertos cruces, alguna avenida vista desde los cristales del coche. Se detiene a descansar en pequeños parques vecinales, en bancos y poyetes, aunque en realidad no siente hambre ni cansancio. Anochece cuando ve los bloques y las jardineras donde fuman los muchachos. No hay luces en las ventanas, antes de llamar al portero ya sabe que nadie responderá. Se sienta en una de las jardineras y aguarda. Cae relente, busca un portal abierto y se refugia en el cuartillo de contadores. Duerme sin sueños de ninguna clase, apenas interrumpido por el conmutador de la luz cada vez que un vecino entra y comprueba, antes de subir, que la puerta queda bien cerrada.

A la mañana siguiente vuelve a llamar al portero automático. Nada. Pronto bajará algún vecino, si cierra con prisas tal vez pueda colarse, subir las escaleras, asomarse a la ventana que da al patio y comprobar si es posible saltar desde allí al alféizar de la cocina. Si la ventana tuviera una rendija por la que meter un dedo y tirar de ella ya estaría dentro y podría buscar algo de comida y de ropa, guardarlo todo en una mochila, no olvidarse de coger los librillos de debajo de la cama, orinar, lavarse la cara, hurgar en los cajones, encontrar su carné de identidad, recuerda bien la mañana en la que el Sr. Alto y Locuaz le dijo hoy no irás a clase y subieron todos al coche y fueron a la comisaría y un inspector le hizo algunas preguntas y le manchó los dedos con tinta. Lecu ya tiene diecisiete y sabe más de lo que parece: sabe que esa tarjeta con su foto tiene mucha importancia; sabe que no debe quedarse; sabe que no tiene adónde ir, que de nada serviría buscar a la Sra. Amable Dos, a la Mujer con Cara de Niña o a ninguno de los Nueve; sabe que no volverá a ver a la Mujer del Vestido Recatado ni al Hombre del Cráneo Enroscado; que es preciso buscarse un lugar, un agujero, una manta, un bocadillo, un trabajo, una distracción. Antes de marcharse recuerda las j'haybers del armario. Abre la caja, se las prueba: ahora ya encajan, son cómodas y flexibles, salta, estira las punteras, lanza una patada al aire.

En un agujero vivía un hobbit. *En un agujero vivía un hobbit. No era un agujero húmedo, sucio y repugnante pero tampoco era un agujero seco y cómodo, un verdadero agujero-hobbit,* no. Ni siquiera tenía una puerta de verdad con cerrojo y aldaba de bronce, y tampoco sillas barnizadas ni rimeros que acumulaban sobres, cartas de viaje, cilindros lacrados, ni ardían leños aromáticos en ningún hogar. Se accedía a él a través de un ventanuco y en su interior no había más que losas de terrazo, un colchón meado y ristras de papeles viejos que hacían estornudar de sólo mirarlos. Aquél era un simple agujero olvidado del mundo, una covacha usada en otro tiempo para cualquiera adivina qué, una especie de garaje que algún miserable convirtió en insalubre infravivienda.

Recordaréis, niños, que al principio de esta historia la criatura que ahora habita en ese agujero era un niñato mugriento y greñudo apellidado Lecumberri, y a quien por mal nombre se conocía como Lecu o Loco o Musgo Tarado. Como todos los hobbits engendrados por papás yonquis, Lecu tendría que haber nacido débil y enfermizo, así lo establecen la naturaleza, la justicia universal y los manuales de medicina. Pero a simple vista su aspecto no haría pensar en nada de eso; por el contrario, un observador ajeno afirmaría que el chico se había criado en buena familia, que hacía ejercicio con regularidad, se alimentaba de productos sanos y equilibrados e incluso arrastraba ínfulas de artista (la frente arrugada, el aire de lunático, ese chispazo excéntrico tan atractivo).

En la covachuela vivía el hobbit llamado Lecu, feliz como un poeta del diecinueve, atrancado detrás una puerta que no batía, entrando y saliendo como un gato por el ventanuco roto, haciendo incursiones vikingas en el mundo exterior en busca de alimento y de pequeños acomodos para su casa, porque a todos los hobbits les gusta disfrutar de ciertos lujos como, por ejemplo, una taza, un plato, una toalla o una linterna.

Cada mañana emergía de su agujero, hurgaba aquí y allá, sonreía en las traseras de los supermercados, arrastraba bultos, pedía monedas y después de cada zambullida volvía a la fosa y tapaba amorosamente el ventanuco con un cartón y medio vidrio. Se esperaría que la covachuela pronto quedara atiborrada de una porción de baratijas y despojos, libracos, periódicos viejos, bidones de aceite, huecograbados de *pin-ups* y mascarones de proa, pero lo cierto es que su inquilino se esforzaba por mantenerla limpia y despejada de trastos y, en cuanto consiguió una lata de pintura plástica, blanqueó las paredes y vació una botella de lejía sobre el terrazo.

Las costumbres del joven hobbit eran metódicas. Al oír los primeros pasos a través del ventanuco se desperezaba sobre el colchón meado, estiraba los músculos y retiraba el cartón para comprobar si había llovido o si hacía bueno. A continuación, calentaba en un infiernillo un vaso de leche, se aseaba en el cubo, se vestía, se peinaba y se lanzaba al vagabundeo del mundo exterior, que consistía en pasear, husmear, esperar en la puerta de los bares pidiendo las sobras, dormir la siesta en los parques, entrar en los lavabos de El Corte Inglés y, al caer la noche, regresar al agujero, tapar el ventano, encender la linterna y leer alguna cosa (los papeles viejísimos, los librillos amarillentos que guardaba en una bolsa, cualquier anuncio, cualquier hoja de periódico encontrada en la calle que le permitiera quedarse dormido, porque aunque el joven hobbit ya apenas lloraba ni temblaba de miedo sí que padecía un insomnio feroz si no tenía a mano ninguna letra que echarse a los ojos, acurrucado en su colchón meado).

Cualquier otro habría echado de menos la blandura de su camita, el frescor de las sábanas planchadas, la comida caliente y el baño limpio, pero el pasado de aquel hobbit no era ninguna novela amable de las que el Narrador pudiera sentirse orgulloso, y comprendía que de algún modo todo había vuelto a su estado natural, como si el tiempo que pasó junto a las amables señoras, el alto y locuaz caballero y los papis rehabilitados no hubiera sido más que un [intermedio].

Por eso no arrugaba la nariz ni resoplaba sobre el gallardete de su flequillo, y realmente nada grave habría sentido si en medio de esa papilla sentimental no rutilase aún la figura de Mai-expulsada-del-paraíso. Porque aquel hobbit vagabundo, niños, aún amaba a la bella Mai, Mai-la-que-hiere-de-lejos, el archipiélago de pecas en su escote, Mai y la marca de la rubeola en el hombro, Mai y olor a fogata en el pelo, y Lecu se sentía repentinamente triste, muy triste, sobre todo si acababa de engullir las doce albóndigas de una lata y le dolía la barriga, y aun así pensaba que aquel abandono correspondía al orden natural de las cosas, y que ninguna acción pequeña o titánica podía cambiar el rumbo establecido, y por eso en su cabeza ya greñuda no aparecieron resoluciones como:

—Buscar su nombre en todas las guías de teléfono del país.
—Mendigar en la estación de autobuses, hacer un dibujo suyo, inquietar a los pasajeros, ¿vio usted a esta chica?, ¿la vio?
—Pedir ayuda en una casa de socorro, acudir a la policía, volver a la Casa de las Yucas, amenazar de muerte a sus inquilinos, clavarle un tenedor en la palma de la mano a la pelirroja y no dejar de apretar hasta que confesara que Mai se marchó a un pueblito donde su familia tenía una especie de barraca ruinosa y que desde entonces vive allá sin luz ni agua, cultivando una tierra de pedernal que apenas sirve para criar rábanos, llorando cada noche por haber dejado extraviar el mechón de superhéroe, la barbilla de la raya en medio, la saludable y sexy imbecilidad de Lecu, el mejor follador adolescente de todos los neocristianos con los que se había encamado en la Casa de las Yucas, ella —la chica pelirroja— podía confirmarlo porque su habitación daba pared con pared con el cabecero de la cama de Mai, y te aseguro, chaval, te aseguro que no tienes nada que envidiarles a

los muchachos barbudos que de cuando en cuando se dejaban caer por aquí tan engreídos.

... ideas que, probablemente, habría albergado otro hobbit un poco menos machacado. Pero, a diferencia de cualquier otro hobbit un poco menos machacado, el joven Lecu sabía que ninguna felicidad es mucho más que un instante, ninguna ventaja dura demasiado, cada día oscurece sin variación, cada escena termina en negro fundido y por más que pienses que el amanecer llegará pronto puede que eso no ocurra nunca, puede; el tiempo, la sucesión acuosa de las horas del día, las estaciones del año... Sin leer a ningún poeta medieval, Lecu entendía que todo eso era una metáfora gigantesca de la inutilidad de cada acción humana, un disolvente metafísico que hacía que nada tuviera verdadera importancia, porque nada es crucial, nada sirve de mucho.

No era filósofo ni metafísico ni poeta pero comprendía a su manera, es decir, sin ponerle ninguna palabra a ese pensamiento suyo, que la resignación cristiana (neocristiana o protocristiana, lo mismo daba) era el sumidero por el que se escurría la filfa errabunda que había sido su vida hasta entonces.

Hasta entonces.

Ignoraba el joven llamado Lecu, ingenuote, pasmado y un tanto imbécil como la mayoría de los hobbits, que sólo unos meses más tarde la dama Galadriel vendría a rescatarlo de aquella inmundicia monótona.

Suerte. Tuvo suerte: cuando llegó el momento predestinado de dejarse expulsar de la cama blandita y volver a dormir en la calle, en un descampado o en un cuarto de contadores, ya había pasado la década fabulosa de los yonquis, los yonquis ya eran ceniza, raza extinta, carne quemada en las minas de Moria, y no el vigoroso ejército sonámbulo que hubo poblado las barriadas devastadas de los ochenta. La heroína ladrillera y la marmolina comenzó a ser reemplazada por opiáceos más lustrosos, los fabricantes de agujas y gomas musculares percibieron sensiblemente la caída de las ventas, dejó de ser tan frecuente que los cajeros automáticos amanecieran tapizados de cucharas y dientes perdidos, y todas esas circunstancias añadieron algunos años a la esperanza de vida del joven Lecu, porque de lo contrario el destino lo habría manejado a su antojo y pronto lo habría tumbado en una esquina, arremangado y anhelante.

Y así, Lecu se convirtió en el único hobbit engendrado por yonquis que jamás probó sustancia tóxica alguna a excepción del sorbitol, el acidulante y los gasificantes habituales de la comida envasada. Le bastaba con eso y con la mierda sensible que recorría sus circuitos para alucinar y desvariar y ver muñecos de colores en las paredes blanquísimas de su agujero.

En cualquier caso, tal vez no habría servido de mucho, tal vez habría sido un derroche gastarse los billetes que no tenía en uno de aquellos sobrecitos transmigradores, porque su sistema nervioso debió de quedarse definitivamente enclenque y deprimido cuando la Mujer del Vestido Recatado paseaba por aquellas campas de los ochenta con Lecu-fetal en su vientre, regalándose dosis dobles en la esquina mugrienta de su cobertizo, Lecu-fetal absorbiendo en los jugos de la bolsa amniótica el viaje de su teletransportadora, Lecu astronauta diminuto, encapsulado y drogado, Lecu que nació como si no quisiera hacerlo, agarrado como un lagarto a las paredes del útero, la mami yonqui que no tuvo tiempo de llegar al materno, los jovencísimos médicos de la casa de socorro le sacaron el bebé con alicates, primero los piececitos amoratados, luego los bracitos y las uñitas arañando lo que haya allí dentro, y por último la cabecita, que salió con un plop como el corcho de una botella en medio de aquella masa de placenta y sangre contagiada. Ella se quedó hueca y arrugada como una lata de cocacola, él arrancó a llorar y a estremecerse con su primer síndrome de abstinencia.

Según el manual de patologías neonatales de Goetzmann y Wennberg, un bebé nacido de una mujer adicta a la heroína puede desarrollar, entre otros problemas:

—Crecimiento deficiente.
—Depresión del sistema nervioso central.
—Epilepsia y diferentes grados de convulsiones.
—Hiperactividad, incapacidad para conciliar el sueño.
—Anemia, granulocitosis, mieloma y otras enfermedades del torrente sanguíneo.
—Muerte prematura.

Lecu no recordaba haber sufrido epilepsia ni convulsiones y, contradiciendo a Goetzmann y Wennberg, sus espaldas crecieron anchas, sus mejillas resplandecieron, su llama de superhéroe brillaba de queratina. Sólo una vez se había hecho un análisis de sangre, y en el informe la casilla de *se recomienda consultar al hematólogo* no estaba tachada. Si bien la Sra. Amable Uno habría asegurado que efectivamente era un crío hiperactivo e indomable, la Sra. Amable Dos siempre lo tuvo por un chaval apacible al que le bastaba un rayo de sol en la terraza para quedar en trance con un librillo en las manos, doméstico y pacífico si nadie se metía en lo suyo, con pocos remilgos para la alimentación y el aseo personal. Es posible, por otra parte, que la resignación con la que asumía cada infortunio, esa especie de incapacidad para sentir verdadero odio, verdadero rencor, verdadera rebeldía estuviera relacionada con algún cortocircuito de la corteza límbica. Quedaba pendiente, por último, el epígrafe de *muerte prematura,* entendiendo que «prematura» es una categoría demasiado vaga. A este narrador le parece, por ejemplo, que sería prematuro morirse con cien, con doscientos años, los dorados moradores de Rivendel no pueden comprender el terror que corroe el alma de un pobre hobbit.

Una gran explosión de metano. A punto de transformarse en jovencita atrapasueños, Magui-mágica tuvo que examinarse en septiembre de tres asignaturas para pasar al segundo curso del bachillerato. Fue un verano largo y caluroso, con el indio puto especialmente activo en su labor de lavacerebros, con mamá idiotizada bajo el yugo místico y con las vacas excretando sudor y humores infecciosos; pero sobre todo fue un verano sin Buenchico.

En la mazmorra, aquella especie de granja de cochambre que el indio y la mamá comenzaron a fabricar pieza a pieza, el sol apretaba a mala idea, se derretían los ladrillos y los pensamientos, todo adquiría una blandura y un espesor angustiosos. El indio se levantaba antes de que saliera el sol, despertaba a las gallinas y a las vacas y se lanzaba a la construcción de su formidable pozo séptico, al cuidado de su nutritivo compost, al enderezamiento de las lechugas y las tomateras o a cualquier otra monomanía en la que estacionalmente anduviera ocupado. Desde la cama, Magui lo oía trastear en el cuartillo de aperos y ya se levantaba asqueada oliendo las flatulencias de las vacas y las emisiones ácidas de toda aquella materia orgánica en descomposición. Magui no podía creer su mala fortuna: vivían encima de un gigantesco montón de estiércol, generaban paletadas de mierda, acumulaban mierda, reciclaban mierda y multiplicaban mierda sin límite en una espiral que sólo concluiría cuando una gran explosión de metano volatilizara la granja; Magui rezaba para que ese día llegara pronto, soñaba con ese día en duermevela cuando con las claras ya oía al indio puto y a la idiota de su madre, feliz como una imbécil, haciendo cualquier cosa inverosímil que el revelador-de-verdades-ocultas ordenase, como fabricar tejas con arcilla, envasar mermelada de tomate, etcétera. La última consigna, expuesta con todo su abalorio verbal, supuso la ruptura con el mundo civilizado, el aislamiento definitivo, el dogma bendito de la autarquía: comeremos y viviremos del terreno como hacían las primeras familias (¿familia?, ah, indio puto, esto es lo menos parecido a una familia), los primeros pobladores (pobladores de qué, qué día de acción de gracias, qué mierda de tarta de manzana), los primeros hombres y mujeres puros, antes de la degeneración de la especie.

Tenía que escapar de toda esa pringue, del fondo sonoro del mugido de las vacas, de las bobas afirmaciones de su madre. Después de desayunar a la fuerza un vaso de leche recién ordeñada sobre la que navegaba una densidad amarilla, Magui aplastaba sus cosas en un morral y se marchaba hasta la hora de la cena. El resto del día lo pasaba en la vieja casa, sola, estudiando, perdiendo el tiempo, echando de menos una vida distinta. Así fue como aprendió a cuidar de sí misma: por el camino recogía florecillas, las ataba con una goma del pelo y luego las colocaba en un vaso de cristal, ordenaba su mesa, limpiaba la casa, ponía discos en la pletina antigua que su papá compró por correo. La mayoría eran pavorosas compilaciones de boleros u orquestas sinfónicas atacando bandas sonoras, pero también había algunos álbumes de Cohen y de Bowie que cualquiera sabe cómo fueron a parar allá. Cuando los pinchó por primera vez sintió una cosa rara dentro, sonaban tan distinto a todo lo que había escuchado antes, le entró un miedo extraño, esos sonidos esparciéndose en aquella casa tan sola y tan vieja que incluso en verano olía a humedad y a cerrado. Sobre la mesa, ordenaba sus bolígrafos y sus cuadernos, pasaba horas copiando y recopiando los apuntes mientras la voz de Bowie cantaba *Ziggy Stardust* hasta que se quedaba dormida o se sentía idiota, y entonces encendía la televisión, veía programas ridículos donde dos equipos infantiles braceaban sobre una colchoneta en un parque de atracciones, el agua de la piscina brillaba de azul microsoft, las ondulaciones se reflejaban fantasmales en las paredes de la casa, construiré algo para mí sola, haré cuenta de que no tengo padre ni madre, me iré a un lugar donde nadie me conozca, donde nadie sepa que fui la hija del marica de la tienda, la hija de la loca del indio, aquella niña tan rara, huir de Belalcázar, alquilar un piso en Ciudad Mediana, estudiar enfermería o cualquier otra cosa altruista, encontrar un trabajo virtuoso, comprar una casa y un perro, vivir sola a fuerza de lágrima contenida y comprimidos de THC hasta que Buenchico comprendiera que había dejado escapar a la criatura más hermosa del planeta, y comenzara a buscarme por todas partes, preguntara por mí en cada lugar, persiguiera mi rastro en un cuaderno y un día, abandonada ya toda esperanza, me encontrara mágicamente en un aeropuerto o en la cola de un cine o en un hospital de campaña donde el cirujano, con el mandil salpicado de sangre, se dispusiera a amputarle la pierna reventada por la metralla, sobre una máscara blanca él vería dos ojos tiernos que dirían doctor, no lo haga, y el doctor miraría esos ojos y, cansado de oír llantos de soldados a su espalda, diría haz lo que quieras, mujer, y yo comenzaría a cuidar del soldado herido, y las bombas enemigas cercarían la retaguardia y la luz de la lámpara de aceite temblaría con cada explosión y ninguno confesaría sé quién eres, sé de dónde vienes, y el resto de su vida viviríamos así, sin decir una palabra del radiador de aceite, las paredes enmohecidas, las sábanas mojadas, el chándal y las clases de inglés.

Más o menos en eso consistía su plan.

Linda y racional, consideró que para llevarlo a cabo debía seguir unos pasos: sentarse con mamá lejos de la influencia del indio y hablarle del ahogo que sentía dentro de aquel pueblaco donde había cuatro vacas por cada habitante humano, convencerla de que pusiera en venta la casa o la tienda o la furgoneta y que repartiera con ella la ganancia, decirle que no quería pasar su juventud fabricando ladrillos de adobe y comiendo coles y rábanos, que ya no era una niña, que el tiempo había pasado, que no estaba dispuesta a amargarse la vida por culpa de un chiflado que se creía el hombre medicina.

Quiso preparar metódicamente su alegato para que todo fluyera suave y no le vinieran las mandíbulas apretadas de otras veces, ensayar delante del espejo un tono de chica madura y clarividente, no ofuscarse en contra del indio imbécil, porque si se lanzaba al ataque directo su madre levantaría el fortín de oh, tú no entiendes nada, oh, algún día te darás cuenta de, y no podía darle la oportunidad de refugiarse en esas frasecitas condescendientes, no, sería mejor eludir sin más el asunto del indio puto, sustituir palabras como odio y asco por otras como futuro y esfuerzo, palabras nobles y serenas frente a las que mamá no pudiera blandir ninguna simplicidad mística, se rindiera y dijera haz lo que quieras, toma el dinero y haz lo que quieras.

Así, una mañana de domingo, mientras el indio puto andaba embarazando vacas con las botas de caucho enfundadas hasta las ingles, Magui se acercó a su madre, se arremolinó a su lado mientras estiraba las sábanas de la cama y le dijo mami, quiero que hablemos un rato, y la madre la miró extrañada y dijo claro, hija, y dejó quieta la sábana que formó una bolsa de aire sobre el colchón y se sentó justo encima y la bolsa se deshizo, y dijo qué te pasa, y la pequeña Magui, en vez de repetir el discurso diáfano y convincente que había apuntado en su cuaderno, soltó un que estoy harta de todo, eso me pasa, harta de vivir con este gilipollas, harta de que no me hagas caso, harta de que nadie me pregunte si, harta de... Y entonces arrancaron los llantos y los gritos, y las dos repitieron al detalle varias escenas de películas hiperbólicas, y la mamá se desgarró diciendo por qué me haces esto y la niña se tiró al suelo pateando y lloriqueando yo sólo quiero irme de aquí, y la mamá dijo coge tus cosas y vete si tanto te molesta, no voy a renunciar a lo único bueno que tengo porque una niña caprichosa prefiera una vida materialista y falsa, ¿materialista y falsa?, esas palabras no son tuyas, mamá, oh, no, tú nunca dirías esas cosas, el indio puto te ha lavado el cerebro, no lo llames así, te lo he dicho muchas veces, el indio puto te ha comido la cabeza, no lo llames así. Y, claro, según el guión repetido en tanto telefilme de las tres y media, aquella bronca sólo podía terminar con un cristal roto o una huida escaleras abajo o con el tipismo de la bofetada final y punto en boca y quizá un lo siento, perdóname, mi pequeña. Con la mano de su madre cuarteando su mejilla, Magui dijo:

Sólo quiero que me des dinero para marcharme.
Lo demás me sobra.
He vivido siete años sin padre.
Puedo vivir el resto sin madre.
Pero no sin dinero.
Dámelo y me iré cuando termine el curso.
Y tendrás a tu indio puto para ti sola.
Y todas las coles.
Y todos los rábanos.
Y todas las lechugas.
Y toda la mierda de vaca que quieras.

Sentido arácnido. Lecu manda cada mañana a sus j'haybers a buscar el desayuno evitando la plaza donde dormitan los mendigos magnéticos, de los que a veces no logra desprenderse. [Ásperas manos se le echan al hombro, tú eres de los nuestros, chaval.] Luego rastrea algún periódico en un banco olvidado, rodea ofertas de trabajo con un lápiz, recorre las cabinas buscando monedas en los cajetines. Lecu alberga firmes propósitos: encontrar un trabajo, hacer tres comidas al día, ser normal. A su favor juega la onda de su flequillo, su cara de niño bueno y los modales ya casi humanos que Sr. Alto y Locuaz le había enseñado; en su contra se dan tortas los demás factores formando filas apretadas:
      la tristeza química que irradian sus ojos oscuros,
            la desolación de su agujero hobbit,
el espino que Mai-desprendida-de-T había cobijado en
                        su interior,

el foso de tiempo eterno del descampado, etcétera.

Hércules no tuvo trabajos más esforzados, ni Ulises se enfrentó a peripecia tan temible, ni a Spiderman le fue tan necesario su sentido arácnido como al joven hobbit cualquier ayuda ultraterrena en aquellos momentos de desconsuelo. Pero ni creontes ni ateneas ni sagradoscorazones se pusieron de su parte, y tuvo que aprender solo, solito, a no dejarse morir de asco, a hinchar sus pulmones sin objeto y conseguir alimento en las traseras de los supermercados detrás de cierta forma de prosperidad. Y todo ese despliegue de energía vital constituía una verdadera hazaña para un nene tan catequizado como él, una proeza merecedora de bocinas y guirnaldas, un gesto casi no católico, una actitud casi luterana, *el heroico, aristocrático gesto* de desprecio quedaba lejos. Ah, niños, aquí lo tenéis, aferrado a su miserable forma de vida, manoteando como un náufrago, aleteando como la mosca diminuta en la cocacola. Y ese mismo reflejo que tira del espécimen Lecu hacia la supervivencia lo obliga a recorrer insomne las calles de Ciudad Mediana buscando cabinas de teléfono como quien sale a cazar conejos, porque por instinto de raza sabe que basta con meter los dedos en el cajetín de las cabinas, que en una de cada treinta, de cada cuarenta, de cada cincuenta cabinas encontrará una moneda olvidada, le sobran cabinas y tiempo, el tiempo es su materia prima, su arco de bambú para cazar conejos, qué importa caminar durante horas, días enteros: aquellas monedas son su recompensa, cuando logra atrapar una suena un clinc de caja registradora, igual que en Ghost 'n Goblins.

Cuatro tesoros. Siempre llevaba encima cuatro tesoros relucientes: su carné de identidad, un mapa, cualquiera de los librillos de *Anillos de Saturno* y las j'haybers, verdaderas j'haybers blancas y negras con la antorcha cosida en el talón y las costuras reforzadas, j'haybers mágicas de piel suave que sólo se quitaba para dormir después de comprobar que había cerrado el ventanuco con el cartón y el medio vidrio. Con esos cuatro tesoros y con la recolecta diaria de las monedas olvidadas, el hobbit llamado Lecu consiguió su primer trabajo. Sucedió más o menos así:

Había en Ciudad Mediana un pequeño aeropuerto de dos pistas y poco tránsito, y una mañana el nene Lecu leyó en un periódico atrasado el rótulo *personal de tierra,* y un dibujo de un avión y un teléfono debajo. Lecu frotó una de sus monedas y llamó, y en esta ocasión no le colgaron cuando dijo tengo dieciocho años, sino que le dieron una dirección y una cita para el día siguiente, buena suerte. Esa mañana se frotó las ingles y las axilas hasta que se hizo daño, entró en un supermercado para ponerse agua de colonia, se miró en el retrovisor de un coche para aplastar su flama de superhéroe y ensayó varias caras de niño formal y responsable; pero no habría hecho falta tanta parafernalia porque el trabajo ya era suyo desde el principio, sólo necesitaba firmar la hoja de condiciones para comenzar al día siguiente; claro que el primer sueldo se dedicaría íntegro a pagar los gastos del equipo y el curso de formación pero dentro de un par de meses, si hubiera hueco en la plantilla, tal vez pudiera formalizar un contrato de prácticas. Lecu firmó sin entender nada.

Orco Rotundo. El que haya venido a robar se va a acordar de mis cojones. De pie sobre una caja de metal, como un sindicalista de Mundoantiguo, el Orco Rotundo amenaza a los nuevos con el dedo flamígero, la cabeza enterrada en los hombros, el cráneo cruzado por cuatro pelos eléctricos, el buzo de lona de la compañía a punto de reventar con cada molinete de sus manos. A los nuevos les toca estirar la barbilla como reclutas, una pandilla de muchachos blanquitos con ojeras pastillosas, pelo al cepillo y argollas en las orejas, ninguno mucho mayor que Lecumberri, malos estudiantes de barriada a los que en un momento de lucidez les dio por pensar que sería bueno tener un trabajo con el que pagar la gasolina y las bambas, y allí estaban, dispuestos a deslomarse gratis detrás de un mínimo señuelo, todo eso que le contaron a Lecumberri en aquel despacho como de autoescuela con ceniceros cargados, la ropa es buena, un buzo de lona con cintas reflectoras que brillan en la oscuridad igual que las pegatinas de los paquetes de patatas fritas, y auriculares gigantes como cocos partidos que hacían que el mundo desapareciera de golpe, los reactores giraban sin ruido y tenías que aprender a hablar por señas, había señas que no era necesario aprender como ahí viene la azafata. Haced cuenta de que tengo apuntada cada braga de cada maleta, dijo, si veis una cremallera abierta, la cerráis, de aquí no desaparece un calcetín por mis cojones, si veo que alguien trinca alguna cosa le saco los hígados.

Lecu escuchaba y asentía. Aquello no era muy diferente de los discursos encendidos del Sr. Alto y Locuaz.

El coro de las vacas insomnes. Algunas noches mugen las vacas con espanto y parece que lloran como bebés enormes. Es el coro de las vacas noctámbulas, que siempre comienza del mismo modo: una vaca se desvela, llora de hastío o de fiebre, llora por las úlceras que los cepos le marcan en las ubres o quizá se despierte soñando con un prado de anuncio de chocolatinas y verdor masticable, y al abrir los ojos ve el cepo, la cerca, el barrizal de excrementos, y llora como un bebé sucio y enorme, y su llanto de niño herido despierta a las demás vacas, y las demás vacas también lloran y despiertan a las de los establos vecinos, y el coro de todas las vacas insomnes se eleva en manada rebelde y circula hacia otros establos lejanos, y las vacas lejanas descubren sus propios cepos y mugen y etcétera. La materia aguda ya trepa por las callejas del pueblo, sube los muros del baluarte, percute contra las ventanas de Magui.

Magui despierta.

De madrugada.

Mamá duerme con la puerta abierta, respira fuerte como un bebé-vaca, Magui no puede dormir y tiene miedo de cerrar la puerta.

No pasan coches ni humanos bajo la ventana, las farolas naranjas iluminan a nadie, un nadie denso sobre los adoquines mojados de relente. Es invierno, el cristal se anega de frío, la nariz de Magui pegada al cristal, el vaho haciendo dibujos en el cristal. Las vacas vigilan el sueño de los humanos en sus camas y el sueño de los coches en sus cocheras, la alarma titila como un ojo mecánico, los humanos gozan debajo de las mantas, calentitos, confiados, sabiendo que es invierno mojado ahí fuera, las vacas vigilan, las vacas y Magui, Magui y las vacas, Magui sentada sobre sus tobillos, los ojos pequeñines como lucecitas de Navidad, candelitas rasgadas, la nariz fría en el cristal, nadie muy denso camina debajo.

Magui piensa: una epidemia acaba con todos los humanos, los coches se oxidan en las cocheras, la alarma titila hasta extinguirse, sólo las vacas y los perros y las moscas y los brotes tiernos de hierba sobreviven, pero no los ratones, no los gatos, no las arañas. Las arañas murieron antes que los humanos, los humanos les arrancaron las patas con furia, daba lástima ver agonizar a los humanos debajo de las farolas naranjas, debajo de las sábanas y los cuerpos de sus amantes.

Un teléfono suena.

Magui camina descalza sobre las baldosas frías.

Viajar en autobús es cómodo y caliente. Todo tan complicado, demasiadas instrucciones, demasiados horarios, demasiadas marcas pintadas en el suelo. Lecu tarda semanas en aprender a moverse por las pistas sin que el Orco Rotundo lo mande al carajo continuamente, pero encaja bien los insultos, se pliega a las reconvenciones como un perrillo flaco y no encuentra motivos para quejarse: cada lunes recibe un abono para el autobús y un talonario para la cantina. La comida de la cantina es buena y caliente. Viajar en autobús es cómodo y caliente. Los días que no trabaja también sube al autobús. A veces pasa horas sentado en el mismo sitio hasta que se hace de noche o hasta que el conductor le dice que se marche, pero Lecu tiene su abono, Lecu guarda silencio y no molesta a nadie, sólo sus ojos molestan al asfalto y al cemento, y el conductor no se atreve a tocarle un pelo de la ropa cuando el muchacho blande esa mirada de chiflado.

Las líneas son el camino, los rectángulos son el refugio, nunca pongas un pie fuera del camino ni del refugio, campo minado. Aprende y repite: carga las maletas que brotan de la alfombra de goma, llévalas a los vagones del tren de mentira, agárrate al estribo del tren de mentira, vigila que no se caiga ninguna maleta mientras el Orco Rotundo conduce a paso de tortuga, apéate del estribo, saca las maletas de los vagones y súbelas a otra alfombra de goma que desemboca en la tripa del avión gigante, luego trepa por una escalera de mano y camina a gatas dentro de la tripa del avión gigante, apila y afianza las maletas con cuidado de no arrancar ninguna pegatina, ¿ves estas pegatinas?, dice el Orco Rotundo, si encuentro una sola tirada en la pista te arranco los huevos, dice el Orco Rotundo. La tripa del avión se cierra. El Orco Rotundo habla a través de un transmisor. Lecu no oye nada porque los cascos están hechos de poliuretano comprimido, Lecu recuerda cuando la Sra. Amable Dos le ponía algodones en los oídos y sólo oye la turbina de los reactores, piensa que un día se quedará atrapado dentro de la tripa, se caga de miedo, pide permiso para ir al baño, el Orco Rotundo lo mira con furia y le dice cosas que no puede oír, pero Lecu tiene un plan para ablandar al Orco Rotundo: no le planta cara ni se revuelve ni le amenaza con el sindicato ni cambia las pegatinas de sitio; Lecu es amable y eficiente, resiste todas las broncas y órdenes esquizoides, sonríe y dice buenos días al llegar, buenas noches al marcharse, recoge su bandeja en la cantina, mantiene limpio el buzo y las botas, no se quita los cascos protectores, vive dentro de una cápsula insonorizada, aplica todas las humillaciones bienaprendidas.

Ya de vuelta en el primer refugio, el Orco Rotundo dice esto no es un cuartel, si tienes que cagar vas y punto, pero Lecu sabe que no es cierto, que si lo hiciera sin decírselo montaría en cólera, le agarraría de las solapas y le arrancaría algunos vales del talonario de la cantina. Y Lecu se pone muy triste cuando eso ocurre, el ayuno le causa dolor de barriga y estreñimiento, y mientras todos comen en la cantina él se encierra en los lavabos y se sienta en el váter y rompe a llorar porque nada entra ni sale de su cuerpo, y las náuseas sólo se le pasan si coge una revista de la tienda del aeropuerto y se echa jabón en las manos y se masturba, pero tampoco le gusta hacerlo porque después se siente aún peor.

Pasa un mes. De la cuadrilla que entró con Lecu ya sólo queda Lecu. Los demás se marcharon berreando y pataleando, diciendo que los habían engañado, que les prometieron un contrato y los convirtieron en esclavos. Lecu no entiende nada. Lecu es una roca.

Unos días más tarde, el Orco Rotundo le dice que vaya a la oficina. En la oficina una chica lee en voz alta un papel que no comprende. Sólo comprende una cosa:

Dinero.

La chica le pide un número de cuenta. Lecu no sabe lo que es un número de cuenta. La chica se ríe y avisa a otras chicas que también se ríen, se sientan a su lado y le pasan la mano por el pelo, alguna le da un beso en la mejilla. Lecu ve en una de ellas una luz parecida a la de los ojos verdes de MaiT. Lecu recuerda a MaiT. Mejor: Lecu recuerda cuando MaiT se ponía debajo y se apretaba las tetas con las manos, e imagina que todas esas chicas también se agarran las tetas cuando follan con sus novios, y les enseña su carné de identidad y pregunta si no sirve, y le dicen que no, pero que si vas a un banco con esta carta te abrirán una cuenta. Lecu tampoco tiene muy claro qué es un banco pero no se atreve a hacer más preguntas. Y siente de pronto unas ganas terribles de ir al baño.

La grapa como una diadema. La cal masticó una tubería que rezumó sobre los archivadores. Los zapatos hicieron chof sobre los charcos y saltaron los fusibles. Qué desastre, habrá que secar al sol todos los expedientes, las matrículas, los libros de escolaridad. El sol se fue comiendo los colores de las fotografías y la carita de Magui, tan linda, se llenó de surcos ectoplasmáticos como superviviente de un incendio o de una guerra vieja, la pequeña Magui tan bonita en aquella foto grapada sobre sus notas de la escuela, el librillo abierto en el poyete del patio secándose al sol, el curso no empieza, la secretaría casi sale ardiendo.

Magui despliega sobre su mesa de caballete los folios para tomar apuntes, la carpeta de fuelle para guardarlos en casa, la carpeta clasificadora para llevarlos a clase, los bolígrafos, los rotuladores, los perfiladores y las escuadras, se desespera moviendo los libros de sitio, los abre, lee las primeras lecciones sin comprender nada y los vuelve a cerrar. A mediodía vuelve al instituto para preguntar cuándo comienzan las clases entre tanto albañil enyesando el estropicio y tanto fontanero cambiando los tubos (la miraban largo, muy largo, y alguno le soltaba cualquier cosa), el andamiaje y los chismes y los baldes de mezcla volcados en la entrada, ¿se sabe cuándo comienzan las clases?, y la secretaria que ni idea, apurada como estaba en darle la vuelta a los expedientes sobre el poyete como si los asara en una parrilla. Magui vio su foto con la grapa como una diadema, pensó qué chica salgo en esa foto, le entró una pizca de nostalgia de Mundoantiguo y fue ese mismo día cuando leyó un aviso de la profesora de Literatura pinchado en un tablón que decía se recomienda a los alumnos matriculados en el último curso que inicien la lectura de las siguientes obras, de las que deberán examinarse en diciembre: *El árbol de la ciencia* (Pío Baroja), *Campos de Castilla* (Antonio Machado), *El hombre y su poesía* (Miguel Hernández, edición de Leopoldo de Luis y Jorge Urrutia). Detrás de ella, un chaval con flequillo planchado, morral y camiseta de Kill Your Idols, lee el mismo aviso sobre su hombro.

Cierta fragancia. La taberna estaba excavada en el casco de una bodega. Los pilares antiguos, con forma de arco de iglesia, separaban las mesas de tabla. Cuatro linternas de barco daban más sombra que luz sobre las cejas de los clientes. Hace años, la mitad eran jornaleros de escupitajo que se deslomaban en el cereal y la otra mitad venía de las vaquerías con aliento a leche agria. Ahora las mesas se llenan de muchachos bebiendo vino barato y comiendo patatas fritas. En una de las mesas, Magui conversa con un chaval que lleva una camiseta de Smashing Pumpkins.

El chaval quiere estudiar Medicina; si no fuera porque no tienen ninguna salida, lo mismo le daba por Filosofía o por Historia. Dice que va a comprarse una guitarra eléctrica, ya tiene un manual para aprender a tocarla, la eléctrica es mucho más fácil que la normal porque no tienes que pulsar las cuerdas con tanta fuerza ni saber solfeo pero otra cosa es el amplificador, que sale caro, a lo mejor consigo un trabajo y entonces quizá me alcance para comprar uno de segunda mano aunque debería ahorrar porque los pisos están caros en Ciudad Mediana y no quiero ser un parásito de mis padres eternamente, tú qué planes tienes.

Magui sólo quiere que el curso empiece pronto. Y que termine pronto. Y marcharse. A Ciudad Mediana, por ejemplo. A estudiar cualquier cosa. ¿Ya estás leyendo *El árbol?* Yo no entiendo nada. Sólo sé que va de un estudiante de Medicina, como tú el año que viene, que vive en un cuartucho lleno de huesos, y que un médico se llevó a casa los sesos de un cadáver y la criada los cocinó y se los sirvió de cena, y luego hay un niño que se pone malo y se muere, y el niño es el hermano del estudiante, y agarra una depresión y todo es horrible. Lo demás no lo entiendo.

La luz de las linternas tortura el rostro de Magui, le roba el plástico de la adolescencia, le marca dos medialunas negras debajo de los ojos; pero cuando el chaval vuelva a mirar a Magui bajo otra luz distinta descubrirá que esas medialunas y ese plástico desprendido ya no son cosa de las linternas ni de la penumbra del garito, y se preguntará si Magui no es uno de esos personajes de las novelas de Herman Hesse que su padre guarda en la estantería del salón, esas novelas traducidas en México con letras bailonas como gusanitos de tequila, novelas que se compran en las casetas de chapa de la feria, las pastas de cartón, la angustia de la aparición fortuita de una página en blanco.

No es preciso decirlo: el chaval se enamora de Magui desde el momento en el que lee el aviso sobre su hombro, la camiseta de tirantes y la chispa de sudor, los albañiles apañan la mezcla en los baldes, todas las narices de la sala saben que la piel de Magui vaporiza cierta fragancia.

Sobre la mesa hay dos vasos de vino y un plato de patatas fritas. El chaval come y bebe con nervio, habla de música sin parar, a Magui le pasa como cuando lee a Baroja, el chaval dice que le grabará una cinta.

Termina el segundo vaso y siente calor y euforia. Las risas de otras mesas arrecian pero él sólo tiene ojos y oídos para los grandes ventanales oscuros que parpadean en el rostro de Magui, quisiera levantarse y abrazarla y cantarle una canción de Nirvana, llevársela en brazos a casa y desnudarse y componer con su guitarra inexistente una melodía tristísima, darle un bolígrafo y un cuaderno para que ella escriba algunos versos. Luego se quedan dormidos y despiertan desnudos y abrazados mientras en el reproductor siguen sonando canciones de Nirvana en modo *random*.

Pero nada de eso ocurre.

Ocurre, en cambio, que con el tercer vaso al chaval le dan mareos y piensa que va a vomitar todas las patatas fritas, y se levanta y sin despedirse corre a su casa, se desnuda y se mete en las sábanas frescas que su madre mudó esa mañana y duerme y se despierta sobresaltado mientras en el reproductor suena la desconsolada voz de Kurt Cobain.

El chaval se arrastra al baño. Quiere morirse allí mismo pero en el armario no hay píldoras ni jeringas ni otras armas que las cuchillas de afeitar, no tiene valor para tanto. Del baño se arrastra a la cocina, la madre le peina el flequillo con los dedos sin decirle ayer llegaste borracho. El resto de la mañana la pasa en su cuarto escuchando canciones que harían llorar a una piedra y releyendo *La guitarra eléctrica en cinco lecciones.* Todo eso sirve para animarle y de pronto se siente fuerte y feliz, lee fragmentos de *El lobo estepario,* se pone una camiseta de Pearl Jam recién planchada y sale a la calle. El chaval conoce la historia del papá de Magui, de la mamá de Magui y del indio, y por eso ronda la plaza fría como un centinela con la esperanza de hacerse el encontradizo.

Y lo consigue. Y para su sorpresa Magui le sonríe y bromea con él acerca del vino tan malo que sirven en la taberna y parece que su plástico brilla y que las medialunas son ahora azules en lugar de negras, y hablan un buen rato y el chaval se fija en sus sandalias de cuero, en una de ellas lleva prendido un cascabel y eso fascina al chaval y cuando se despiden el cascabel suena como un trineo que se aleja en la nieve, él tararea una canción de vuelta a casa, corre a por la guitarra que no tiene, decide que la canción debe llamarse *Magui tiene cascabeles en los tobillos,* le gustaría escribirla en inglés pero no sabe decir «cascabeles» ni «tobillos» en inglés, se graba en una cinta tarareando *Magui tiene cascabeles en los tobillos.*

Al día siguiente quedan en casa de Magui para leer *El árbol de la ciencia.* Magui prepara lápices, rotuladores y folios como si comenzara la primera clase del año, pero no el bidé, no las sábanas. El chaval aplasta su flequillo delante del espejo y busca una camiseta casi nueva de Rage Against the Machine. En el morral lleva condones y hachís. Es un optimista. A la hora de la cena vuelve a casa con el hachís y los condones intactos, agotado de leer en voz alta durante horas y de contestar a todas las preguntas de Magui, que anota las respuestas con caligrafía esmerada. Él es un buen improvisador y ella es muy perseverante, no deja de buscar palabras en el diccionario, pregunta por cada nombre propio, arruga la nariz.

Esa noche no tiene ninguna gana de leer *El lobo estepario.* Cae a plomo en la cama y apenas escucha un par de canciones de The Clash. En el hueco de los párpados cerrados ve proyectada la imagen de Magui, las piernas cruzadas y la carpeta sobre las rodillas, escribiendo en su cuaderno con diligencia y profunda concentración. Es una chica rara, piensa, mientras pulsa en el mando a distancia la opción *apagado automático.*

Se ven cada vez con más frecuencia, ya no necesita fingirse despistado, basta con llamar a la puerta. Magui lo recibe cordial y simpática pero no entusiasta ni atrevida ni descarada como al chaval le gustaría que fuese. La escena que imagina el chaval es sencilla y primitiva, apenas adornada por algunos trazos nirvanescos: ella viste unos vaqueros y la misma camiseta blanca del primer día, parece recién levantada o quizá un poco enferma, él se sienta en el suelo y lee un poema de Machado, ella fabrica un cigarrillo de hachís, fuma, sonríe melancólica, pone en el tocadiscos uno de Led Zeppelin, el papel de la funda cruje como enagua de novia, suena *Coda* y la chica baila con languidez, el chaval gatea hacia ella, se abraza a sus rodillas, busca su vientre con la nariz, ella desabrocha los botones de sus vaqueros, él respira sobre su pubis.

Al fin comienzan las clases. Magui se sienta en la primera fila y el chaval en la última. En los intercambios charlan, comparan los apuntes y a veces incluso se ríen. El chaval le trae cintas con canciones que *es obligatorio escuchar al menos una vez en la vida,* y Magui promete hacerlo, lo prometo. De vez en cuando vuelven a la taberna de las linternas. El chaval se acostumbra al vino y a los silencios de Magui. Cada día que pasa se convence de que Magui merece un disco completo con canciones que hablen de sus manos, de su cuello, de los rizos que cuelgan como campanitas sobre sus hombros redondos. Hasta en sueños le parece escuchar el cascabel de sus tobillos. Es peor cuando se imagina a Magui desnuda debajo de él, con las piernas cruzadas detrás de su culo, el cascabel batiendo como un loco. En esos momentos odia las sábanas de dibujitos que mamá estira tan tiesas sobre la cama.

El profesor de Filosofía habla de Sócrates y de Ética. Sócrates dice que el hombre es un animal bondadoso que sólo quiere refocilarse en el prado, comiendo hierbecita y holgando con los demás. El chaval levanta el dedo y pregunta entonces qué pasa con la bomba atómica y con Auschwitz y con Pinochet y con los niños chicos que putean a otros niños chicos en el patio. Pequeñas risas en el auditorio anteceden a una feroz discusión que enmudece a toda la clase. El profesor le suelta cuerda para que se ahorque con sus propios argumentos pero el chaval resiste, se revuelve, cita tres nombres que nadie más conoce, el profesor dice los americanos lanzaron el *Pequeñín* (y aquí una anécdota onomástica) para evitar más muertes y los alemanes crearon los campos (y aquí un ejemplo que demuestre lo laboriosos que eran, los ojillos azules trazando bisectrices sobre el papel milimetrado) para defenderse de un enemigo, y seguro que el viejo Pinochet (y aquí hay sitio para un versito de Víctor Jara) también tenía sus razones morales, porque la maldad como único término de una acción es atributo del enemigo mitológico, pero no de los humanos, no, ni siquiera de los gamberretes en el patio. El chaval dice que si las leyes no se lo impidieran el hombre cazaría hombres en lugar de conejos sólo por diversión, el chaval ha sacado buen provecho de las tardes en casa de Magui leyendo a Baroja, y de las noches en las sábanas de dibujos leyendo *Siddharta,* y de los cigarrillos de hachís y el hastío y la desesperación de Cobain y Corgan: *let the sadness come again on that you can depend on me, until the bitter, bitter end of the world, when God sleeps in bliss.* Magui observa el duelo con fascinación, su amigo parece casi adulto y resuelto, ya no lo ve enclenque y asustado, sin el cuello nudoso de Buenchico, sin las manos grandes de Buenchico, sin la barba de lija que le raspaba los muslos, el chaval se convierte en alguien distinto, audaz, intrépido.

En diciembre, Magui suspende Matemáticas pero aprueba Literatura y Filosofía porque repite en los exámenes las cosas que le oye decir al chaval. Hace un frío glacial, se congela el estiércol en los establos, la taberna de las linternas es una cueva en la que hay que sentarse con el abrigo puesto, las manos se hielan sobre el vaso, el chaval tiembla dentro su cazadora vaquera y su camiseta de Green Day pero no está dispuesto a ponerse el lobo marino de paño que mamá guarda en el armario, ni siquiera lo has estrenado, hijo. Esa noche Magui se siente feliz, feliz de veras, feliz como hacía tiempo que no lo estaba porque en un bolsillo guarda sus notas como un salvoconducto, un telegrama de la resistencia dándole las coordenadas para cruzar la frontera, ya sólo quedan dos trimestres, dos trimestres y estaré lejos, lejos. Abatida por el asedio, la mamá de Magui puso en venta la tienda, la furgoneta y la casa vieja, le dijo que todo lo que sacara sería para ella, que se fuera adonde quisiera pero que dejara de hacerle la guerra, no tienes derecho a quitarme lo único bueno que encontré desde que se fue tu padre. Magui dio un respingo sobre la banqueta. Hacía años que el atavismo de la palabra *padre* no aparecía en ninguna conversación, ni en conversaciones graves como aquélla ni en simples recuerdos de la infancia, en ningún caso. Las fotos fueron desapareciendo (en los marcos papá se desvanecía como Trotsky en aquellas fotos de la nomenclatura), la ropa y los zapatos se volatilizaron del ropero, la brocha de afeitar del armario del baño, el bálsamo Floyd, el transistor Vanguard con funda de cuero; apenas quedaban algunos residuos que aparecían fortuitamente en un cajón, unos prismáticos con los que, cuando iban al campo, le decía mira los buitres sobre ese risco, un dietario antiquísimo con cuentas de la tienda, una linterna de petaca, un llavero del Barça, una baraja de cartas de una marca de cigarrillos. Ya no eres una niña, pronto te irás de este pueblo y sólo volverás de visita, cada vez te resultará más aburrido coger el autobús para venir a ver a tu madre y yo me quedaré sola envejeciendo en esa casa, abriendo y cerrando sola la tienda, comiendo sola, limpiando para nadie. Él me ha enseñado muchas cosas, cosas que no tienen que ver con las preocupaciones de los demás, con la manera que tienen los demás de arruinar su vida, quiere construir algo conmigo, tiene ideas, ideas que tú no puedes comprender porque sólo piensas en tus caprichos y en tu ropa y en lo bonita que eres. Pero ya Magui no escucha, sentada sobre su banqueta, cruda y despótica, no piensa en ninguna de las asquerosidades que oye; piensa en que ha vencido, que tendrá dinero, que sólo quedan seis meses, dos trimestres, para marcharse del pueblaco diarreico de las vacas insomnes, y por eso bebe su vaso de vino como hidromiel y se relame con las patatas fritas. Y cualquier cosa que el chaval dice le parece una ocurrencia graciosísima, y se retuerce de risa en la silla cuando imita al profesor de Filosofía, y el chaval se crece con la risa de Magui y ya casi no tiembla a pesar de ese frío de ventisca que atraviesa la cueva, y enseguida están en casa de Magui y es madrugada y esta vez no leen a Machado ni a Baroja y todo comienza a parecerse a la escena nirvanesca que el chaval atesora en su cabeza, Magui pone un disco pero no uno de Led Zeppelin, Magui no baila ni el chaval gatea hacia ella pero sí se sientan juntos en el suelo, él no husmea en su vientre con nariz de sabueso pero sí fuman hachís, y en un momento Magui se levanta y enciende el radiador de aceite y lleva al chaval de la mano hasta la cama grande donde su padre se follaba a su madre pensando en un muchacho y ella se follaba a Buenchico pensando en la hora de las clases de inglés.

Mutante. Debería abrirse esa puerta condenada pero las bisagras parecen haberse sulfatado y la cerradura está taladrada con remaches, no hay modo, el ventano sigue siendo la única manera de entrar y salir del agujero, y también de meter el colchón que Lecu compra con su primer sueldo, es titánica labor doblarlo hasta que encaja y empujar, empujar, ya está dentro. También compra almohadas, sábanas, muchas latas de albóndigas, cubos, detergente, un chándal, camisetas, un abrigo de fibra relleno de plumas de mentira. El dinero sobrante lo guarda debajo de una losa hueca. Continúa madrugando a diario, toma el autobús hasta el aeropuerto, se desloma obediente, almuerza en la cantina, sigue deslomándose hasta la tarde, regresa, compra pan y latas de albóndigas, cena pronto, duerme muchas horas, se despierta con el ruido de los neumáticos, amaneciendo. Los días de descanso toma el sol, esquiva a los mendigos magnéticos, se sienta en un banco a leer algún periódico atrasado, husmea en la basura, compra pan y latas de albóndigas, duerme muchas horas sobre el colchón recién estrenado. En una de sus incursiones por las traseras de los supermercados encuentra un mueblecito de oficina comido de polillas. Lo adopta, lo limpia, lo barniza y almacena en él sus provisiones, es decir, todas las latas de albóndigas. Lecu es feliz, deja que el tiempo se escurra como un fluido de anuncio de pañales, como una cisterna silbante sobre su cabeza, donde ya no queda sitio para el Sr. Alto y Locuaz ni la Sra. Amable Dos ni la Mujer con Cara de Niña, y sólo a veces piensa de veras en MaiT, y *de veras* significa muriéndose de ganas porque aunque la figura de MaiT no desaparece tampoco percute del mismo modo contra su estómago, como sable de samurái hundiendo la hoja delgada en la tripa, abriendo la tripa con el movimiento del caballo de ajedrez, sacando la tripa por la abertura, dejando que la tripa caiga en un plaf sobre el tatami, no. En el mercadillo de los jueves, encuentra tebeos antiguos, primeros spidermans de rojo y azul, lobeznos de segunda época y también algún *Thor* y varios *Nuevos Mutantes* y *Vengadores*. Vuelve al agujero con un taco y lee hasta que se acaban las baterías de la linterna, pronto sonarán los neumáticos, tendrá que lavarse en el cubo y colarse dentro del buzo, tomar el autobús, cabecear contra el cristal. Los jóvenes mutantes son perseguidos por los centinelas del gobierno, Jean Grey despliega en el cielo naranja de la bahía de San Francisco una nube con forma de halcón, los centinelas huyen aterrorizados y se esconden detrás de los blindajes de sus lanzaderas pero el halcón incorpóreo atraviesa el refugio, toma a los centinelas entre sus garras y los revienta contra el asfalto. La bella Jean Grey no puede soportar tanta destrucción, cubre sus ojos acuosos con los dedos, perdonadme, perdonadme, llora en una madeja. Decepcionado, Logan-viejo-y-peludo reniega de los suyos, huye de la ciudad y viaja a Shizuoka escondiendo sus garras de *adamiantum* en las mangas del kimono, atraviesa llanuras de nieve, entra en las tierras del clan del leopardo, los guerreros montaraces lo capturan, Logan podría rajarles el pecho pero en cambio baja el hocico y ofrece sus muñecas a las cuerdas, dócil como un cachorro. El clan lo adopta, le limpia las orejas y le quita las pulgas, Logan se adiestra con un maestro que le enseña la ciencia de cortar cabezas sin que a las cabezas les cambie el gesto, escribe poemas de cuatro versos, pinta grullas sobre bandejas de laca, contempla a un guerrero deshonrado abriéndose la caja de las tripas sobre el tatami de un templo, plaf, todo es muy hermoso. Lecu está tan excitado que no puede dormir. Quiere un tatami, quiere un templo, quiere un farol de piedra, una llanura helada, unas garras de *adamiantum,* una espada de samurái, y también quiere a Jean Grey arrepentida sobre su hombro, con una muesca de sangre en la comisura, el traje de goma arañado sólo un centímetro debajo de los senos. Lecu quiere todo eso porque al fin ha comprendido que es un niño mutante.

No guarda rencor. Un niño mutante con poderes extraordinarios: vence a la muerte, a la soledad y al vacío sin que la llama de su flequillo pierda gas, vive en un agujero como un topo, lee en penumbra, soporta las broncas deshumanizadas del Orco Rotundo sin sentir la tentación de sacarle los ojos, no le guarda rencor al Sr. Alto y Locuaz ni al Hombre del Cráneo Enroscado ni a la Mujer del Vestido Recatado, ni siquiera a los bichos que le disputaban las migas del bocadillo que le daba la Maestra Bondadosa. Sí, Lecu es un muchacho mutante porque habita en un mundo que ya no es Mundofeo sino una maqueta creada a su antojo, y todas las criaturas que pueblan Mundolecu son invenciones suyas.

Fueron esas cosas —especialmente el mentón peinado a la raya, los ojos oscurísimos como de maquillaje, el rostro dibujado a rotring— las que fascinaron a la pequeña Magui cuando se fue a vivir a Ciudad Mediana y alquiló un cuarto justo enfrente del agujero en el que Lecu trajinaba sus asuntos y almacenaba albóndigas y tebeos y hacía y deshacía el cosmos por capricho, saliendo por el ventano como un insecto por la mañana, entrando como un lagarto por la tarde.

Esas cosas.

MaiT desnuda en una caja. En una de las sábanas del mercadillo encontró un radiocasete y un estuche con doce cintas: seis de un curso de italiano, tres de canciones mezcladas, dos de cuentos infantiles, una de conversaciones eróticas. También encontró un fajo de revistas con mujeres de pelo rizado y zapatos de plástico. Lo compró todo junto y regresó al agujero sin pasar por la trasera del supermercado. Sacó las pilas de la linterna, las puso en el radiocasete, pulsó play en la cinta de conversaciones eróticas. Ninguna de las mujeres de las revistas le pareció tan bonita como MaiT.

MaiT no pertenecía a la misma especie.

MaiT también era una niña mutante.

Por eso los centinelas la perseguían y le daban caza.

Por eso.

Y por eso la apresaron y la encerraron en un autobús de camino a un campo de reeducación.

Por eso.

El Sr. Alto y Locuaz es un centinela sarmentoso, un rastreador diabólico que olfatea el aire en busca de mutantes asustados e indefensos; el halcón sulfúrico de Jean Grey debería atraparlo con sus garras y reventarlo contra el asfalto, las garras de Logan deberían caligrafiarle en el pecho un poema de cuatro versos, yo debería perseguirlo y achicarlo contra una esquina, escupirle ráfagas de albóndigas hasta que los ojos se le caigan al suelo como dos huevos duros.

Pero de pronto, en una de las páginas finales, aparece una jovencita en una urna de cristal anunciando una película de próximo lanzamiento, una joven que se abraza las rodillas y se inclina como si recibiera una herida en el costado. Calza botas militares, le cubre el rostro una máscara antigás y los senos (y eso puede jurarlo el hobbit llamado Lecu), los senos son los mismos sobre los que él escalaba, y el vientre (y pondría los dedos en la guillotina para jurarlo), el vientre es el mismo sobre el que su flequillo rojo clavaba la bandera de territorio conquistado. Pasa los dedos sobre el grano de la fotografía, pone la nariz en el cromo gelatinoso de la página, MaiT ha sido capturada, MaiT está desnuda en una caja, los centinelas le hacen perrerías mientras él se masturba en su agujero, cada vez menos limpio y despejado, menos blanqueado y simple, más próximo al universo de los mendigos magnéticos y sus complicaciones. Lecu no se da cuenta pero en las esquinas ya se apilan demasiados trastos, en el mueblecito no caben más latas, los tebeos de *Hazañas Bélicas* forman columnas tambaleantes.

Hace plop. El chaval tiene una lágrima de euforia contraída en el párpado, no se atreve a moverse por si todo hace plop y se desvanece, la piel de Magui es mucho más suave que las sábanas de dibujitos que mamá estira en la cama. Su oído, aplicado como una ventosa sobre el estómago, es un radar que sondea las concavidades de Magui, quisiera hacerse diminuto y bacteria e introducirse en esas concavidades, follarse su estómago y su hígado, follarse sus intestinos, su páncreas, sus arterias.

Magui mira muy seria el aliento en la ventana y se acuerda de las tardes de invierno con Buenchico, tan distintas: Magui reposaba su cabeza sobre Buenchico y ahora es ella quien protege al soldado herido, el joven soldado que regresa del espanto del frente. Magui mira muy-muy seria la ventana, en el suelo se arrugan las mismas bragas que subía y bajaba al ritmo de Buenchico, pero ella no es la misma, las yemas de sus dedos urden otro trazado.

El chaval se siente fuerte y poderoso, podría tumbar una vaca a puñetazos, podría agarrar al imbécil de Buenchico que lo mira con esa cara de desgraciado y arrancarle confesiones humillantes. También se siente perceptivo, osado, poeta, quisiera escribir versos largos y dolientes, dibujar a Magui idealizada en un cuaderno, escuchar un disco de Pink Floyd, drogarse, revolcarse con Magui, llorar de éxtasis.

Con el flequillo del chaval emborronando su vientre, Magui está a punto de hacer uno de los descubrimientos más importantes de sus diecisiete años: que le importa muy poco hacer esas cosas, que sería ingrato negárselo a un chico tan bondadoso, que le gusta apretar una carne tan frágil, tan de niño pequeño (los huesos del chaval se encajan en su pellejo sin fuerza, sin músculo), que es insignificante que apenas se mueva dentro de ella, que se quede tan rígido y se muerda el labio y mire para otro lado y no se atreva a agarrarse a su culo; a Magui no le importa nada de eso, es generosa y magnánima, ha descubierto que los hombres se mueren por estar con ella, y a ella no le causa ninguna angustia follarse a un hombrecito al que no ama.

Nada es culpa, nada es pecado, nada es crucial; las habitaciones son espacios estancos donde no caben las categorías decadentes de Mundoantiguo, son repúblicas anárquicas sobre las que los hombres de las barbas y las togas no tienen ningún derecho. Las discusiones del chico con el profesor de Filosofía le parecen ahora una madeja innecesaria, pajas mentales, y en cambio ve cierta transparencia en Baroja, en Sócrates y en todos esos nombres propios que no recuerda, y con la cabeza hermosa de aquel hombre-niño sobre su vientre ella también siente deseos de coger un bolígrafo, abrir un cuaderno, leer una novela, escribir cosas muy distintas de las bobadas llorosas que abigarraron el Diario de Kitty inexistente. Y siente lástima por su madre, e incluso cierta comprensión hacia el indio puto. Cada uno, piensa, cada uno escarba su manera de no dejarse comer por los gusanos.

Máscara de barro. La Sra. Amable Dos ha subido al autobús. Lecu está sentado al final y ella se detiene en la primera fila, de modo que puede observarla sin temor a ser descubierto. El pelo trigueño forma una trenza de esparto en su espalda, el rostro es una máscara de barro. Desde su asiento Lecu no puede verlo pero las manos de la Sra. Amable Dos están punteadas de manchas como un leopardo, las venas parecen a punto de reventar a chorros, las muñecas son delgadas como patitas de pájaro. La Sra. Amable Dos es un esqueleto mal vestido al que la tristeza y la mala conciencia le escupieron veinte años encima; veinte años de condena por no haberse atrevido a ir detrás del niño Lecumberri, por no mandar al cuerno al Sr. Alto y Locuaz y sus férreas instrucciones de no pasar, peligro de muerte, por no haber ido a la policía con un retrato suyo, busquen a este muchacho, no tiene a nadie en el mundo, sus padres no son sus padres, su casa ya no es su casa, tráiganlo de vuelta, yo lo cuidaré, limpiaré de pelusas la habitación, comeremos croquetas y flamenquines todos los días. Pero la Sra. Amable Dos no hizo nada de eso y siguió acudiendo a las reuniones, escuchando la voz grávida del Sr. Alto y Locuaz, repitiendo los salmos con algarabía, pidiendo clemencia por todo el daño que su cobardía había producido, rezando a sus espíritus, sintiendo tanto vacío en el cuarto de Lecu que a veces dormía en su camita y leía en voz alta algún párrafo de *Débil Óvalo de Luz* o de *Alpha Centauro: Misión Suicida* mientras las pelusas le hacían cosquillas en la nariz y estornudaba.

La Sra. Amable Dos se baja del autobús, frágil como una anciana.

Cuidado. Uno de los mendigos magnéticos ronda el agujero, uno que conserva todos sus dientes, acude a los comedores de beneficencia, se da una ducha de cuando en cuando y sólo bebe vino de cartón, pero igual de peligroso que el resto que se machaca con metadona, leche condensada y galletas de la Cruz Roja, igual, los que ya no tienen fuerzas ni ganas para seguir siendo yonquis, los que vieron extinguirse la Era Yonqui y quedaron convertidos en seres inhábiles, flojos como globos, desdentados como bebés, muy lejos del furor de las agujas, lejos de las carreras enérgicas de la casucha al cajero, vaqueros apretadísimos, sinusitis, pelo húmedo. El intruso se siente distinto, no necesita ablandar las galletas antes de engullirlas, no se pincha en el tobillo ni tiene revisión de condena, es un mendigo aristócrata que conoce secretos fabulosos, cuidado con él.

En cuclillas, junto al ventano, arroja todo su vaho de vino y lo desempaña haciendo un catalejo con las manos. Sobre el colchón, Lecu rebobina las cintas de italiano, *la tua sorellina ha già imparato a leggere.*

El mendigo aristócrata observa el agujero, *il mio fratello ha studiato a Roma.*

Está razonablemente limpio. Cubos. Almohadas. Comida. El mendigo aristócrata quiere ese agujero, *tua moglie è una donna molto intelligente.*

Lecu ve la sombra en el ventano, *la mia vecchia zia mi aiutta moltissimo.*

El mendigo aristócrata se arruga como un gusano, salta dentro del agujero, pone sus manos sobre los hombros de Lecu y dice *bonjour,* qué bien montado lo tienes, tu colchoncito, tu cocinita, tus revistas guarras, yo quiero una casita como la tuya, te la cambio, pide por esa boca, las monjas no te dejan tener revistas guarras en el albergue, qué va, hace un millón de siglos yo tenía una casa de verdad, con una mujer de verdad, un perro, un jardincito en la entrada y un buzón con mi nombre, pero mi mujer era como una de ésas de las revistas, je, se follaba a los vecinos cuando yo estaba en el trabajo, je, se los follaba en mi propia casa, con el cabrón del perro lamiéndole la manita al puto de turno, ¿tú aguantarías eso?, hay que ser muy maricón para saberlo y callarse, ¿no?, pues yo lo supe y me callé durante cinco años, cinco años pensando que mientras yo mamaba en el trabajo ella se la mamaba a los vecinos, y no te creas que a muchachitos guapos como tú, naaa, se follaba a cualquiera, a los viejos más asquerosos se follaba, a tíos que daba fatiga mirarlos a la cara, cinco años callado como un maricón para que después me diga que está harta de mí y que se larga, ¡que se larga la muy puta, se larga!, y yo me pongo a llorar como un gilipollas y ella se ríe y yo me agarro a sus tobillos y ella dice que la suelte, y yo no quiero soltarla, y el juez dice que todo es por mi culpa y me quita la casa y me dice que tengo que pagarle una pensión para que se compre bragas nuevas.

Logan dice: hazlo.

Defiende lo tuyo, no permitas que el Intruso inficione con su pestilencia el tatami, patea su culo, rómpele la nariz de vinagre, expulsa al Intruso de la tierra sagrada.

Logan dice: muerde, desgarra, hazlo.

Y Lecu se incorpora y gruñe, siente que al Intruso se le erizan las fibras de su abrigo de pelo de camello, gatea, hace círculos alrededor, retrocede, con movimiento veloz abre el mueblecito y saca dos latas de albóndigas y las arroja como granadas de mano contra el Intruso, que se encoge dentro de su abrigo de pelo de camello pero no logra evitar que uno de los proyectiles le abra ampliamente la ceja, un buen tajo de dos dedos. Antes de que le dé tiempo a echarse las manos a la herida, Lecu-feroz ya agarra otra lata de albóndigas y la utiliza como percutor contra su enemigo, golpea, golpea su cabeza lanuda, le aprieta el cuello del abrigo para que no se escurra. El Intruso sangra por la nariz y el oído, logra desembarazarse, salta al ventanuco y repta hacia la salvación mientras Lecu-Logan sujeta su culo y lo patea.

Algo después, los haces azules del patrullero cubren las paredes. Un agente mete la linterna por el ventano. Lecu-heroico limpia la sangre y exprime el trapo en un cubo.

Prosperidad. En la comisaría todo sucede rápido y sin dolor. Los agentes se conforman con que firme la declaración, a nadie le importa un carajo que el Aristócrata se quede con las encías peladas como un bebé, bastará con una llamada al propietario para que sepa que hay un loco parasitándole esa especie de garaje, sanidad debería denunciarlo a usted por no tenerlo debidamente cerrado, ¿sabe?, es un foco de infecciones.

Lecu pasa la noche en el calabozo, caliente y sin pensamientos. A la mañana siguiente lo sueltan con alguna advertencia y dos empellones, y vuelve caminando hasta el agujero, a tiempo para lavarse en el cubo, calzarse el buzo reflectante y coger el autobús.

Al Aristócrata, una vez cosido y anestesiado, los agentes lo convencen de que se olvide del asunto y se busque otra madriguera, no te conviene cabrearlo, está chiflado ese tío. Sentado en el taburete del ambulatorio, el Aristócrata llora mientras le pespuntean la ceja: ahora las monjitas del comedor se divertirán torturándole con buenos filetes de ternera, hijas de puta, mientras él sorbe su cuenco de tapioca.

Pasan los meses, Lecumberri prospera en el trabajo, una de las chicas de la oficina le abrocha en el buzo de lona una insignia de la confusa jerarquía paramilitar del personal de tierra, el Orco Rotundo dice: con la cara de tarado que tienes pensé que no me durabas ni dos días, pero te lo ganaste, chico, y lo desmonta de dos palmadas en la espalda. Recompensas y castigos, Lecu no entiende nada de eso pero comprende que es algo bueno porque en el sobre que recoge en el banco han aumentado los billetes azules.

La vida del próspero Lecu fluye lentamente, sin sobresaltos. Los mendigos magnéticos se alejan de él, la policía lo da por perdido. De vez en cuando un agente asoma la linterna por el ventano, sigue tranquilo ahí dentro, ¿eh, loco?, si te vas a cargar a alguno ten el detalle de no hacerlo un lunes ni un miércoles, ¿eh, loco?, que me toca guardia, ¿eh?

Una noche, su sentido arácnido presiente dos ojos muy distintos a los de la policía y los mendigos. Se incorpora, aprieta los músculos y convoca a Logan, dispuesto al combate. Pero enseguida los ojos se retiran y unos pasos de suela de goma huyen al galope por la acera antes de que las latas de albóndigas reluzcan como cuchillos.

Cada cosa en su sitio, las albóndigas formando filas marciales en el mueblecito.

Buenos días, tristeza. El gesto de Magui ha cambiado. Lee, estudia, sonríe, casi no piensa en mamá y nunca en Buenchico, siente vergüenza de aquella melancolía pasada pero se compadece de sí, dice sólo era una niña. Todo gracias al chaval y sus camisetas oscuras, le está tan agradecida que de cuando en cuando lo toma de la mano y lo arrastra hasta su cama, siente gratitud, gratitud y confianza, o una figura parecida a la confianza que no había experimentado antes. Magui está tan satisfecha de su nueva identidad —serena, provocativa, lúcida, pelín triste y ausente— que lo demás son migajas.

El chaval, en cambio, sufre. A ratos es un niño desconsolado que se lame las heridas, a ratos es huraño y erizo, qué te pasa, hijo, el vaso de leche rodando en la encimera de formica. Siente rabia hacia su flequillo, rabia hacia las sábanas de dibujos, rabia hacia Kurt Cobain, y comienza (ah, y ésa es la primera paletada de su fosa), comienza a escuchar blanduras de Guns n' Roses. Languidece como un perro por los pasillos del instituto, enflaquece como un viejito viudo, busca constantemente la mirada de Magui, se angustia si no aparece a primera hora y luego todo es euforia y nervios y alas en los tobillos cuando, de pronto, siente en la nuca el pellizco de un beso, es Magui, Magui. Por su cumpleaños le regala *Buenos días, tristeza*. Ella le promete que lo leerá enseguida.

El curso termina. El profesor de Filosofía felicita a Magui, ha hecho usted unos progresos excepcionales, y reconviene al chaval, ni siquiera se presentó a la recuperación, no logro entenderlo. Ella aprueba todos los exámenes, él se encasquilla, balbucea, renuncia. Su madre está convencida de que esa chica tiene la culpa, sus camisetitas, sus vaqueritos rotos.

En junio, delante de la hoja de matrícula, los vaqueros rotos tiemblan y se desgarran de ímpetu. Magui consulta los códigos, agarra firme el bolígrafo, suspira y escribe *Psicología* sobre el delgado papel multicopia. *Psicología*, sin pensarlo demasiado. Ignora que muy pronto conocerá a su primer caso clínico.

Suelas de goma. El Propietario recibió una llamada de la comisaría. El corazón le dio un vuelco, mire, le llamo para informarle de que hay un tío viviendo en un garaje que está a su nombre, debería tener aquello bien cerrado si no lo va a utilizar, se le ha colado un huésped, je, y resulta que si usted no denuncia no podemos tocarle un pelo.

El Propietario hace crujir sus zapatos de goma. Camina y tiembla al agacharse junto al ventano, aparta sin ruido el cartón, observa el interior a través del vidrio partido. Ve ropa doblada en el suelo. Ve revistas y libros apilados.

Ve cubos, botes, esponjas, platos, mantas. Ve un colchón y dos pies desnudos. Ve un cuerpo encogido, un cuerpo que se incorpora y gruñe, dos filas de dientes blancos. Y las suelas de goma huyen al galope.

Hurga, busca. Magui guarda sus libros y desmonta la mesa de caballete cuando alguien llama a la puerta. Toc, toc. Magui se sobresalta, acude y abre.
No es el chaval.
No es Buenchico.
Ni Françoise Sagan.
Es mamá.
La señora que antes fue mamá.
La señora que antes fue mamá y que ahora viste de un modo extraño y hace toc, toc tímidamente en la puerta de su propia casa.
Mamá dice ya te vas, ¿no?
Magui dice sí, pronto.
Mamá dice aprobaste todas.
Magui dice sí, todas.
Envíame la dirección.
Magui asiente.
Y ven alguna vez. Ven cuando quieras.
Magui asiente.
Ahora todo está muy bonito allí, las flores, los árboles.
Silencio.
Te irá bien, serás feliz.
Magui asiente. Mamá le da un beso en la mejilla y Magui quisiera morirse de dolor, reventarse de dolor en

el suelo —la espalda contra la puerta, las rodillas temblorosas, el pecho hinchándose de hipos y mocos, los mocos formando una bola en la garganta— pero por más que hurga, busca y rebusca dentro de sí no lo encuentra, no encuentra esa clase de dolor perfecto que debería sentir. Desde la ventana ve a su madre bajando la cuesta de la plaza fría, ve las sandalias de cuero, ve el insólito sari que la envuelve, ve los cabellos desgreñados donde ya aparecieron mechones blancos que no se molesta en cubrir, y vuelve a la sala para seguir guardando sus apuntes, desmontando la mesa de caballete, abriendo las maletas, despidiéndose de la vida mugrienta que le tocó en suerte.

Todo lo que tenía cabía en una bolsa de lona. En Ciudad Mediana, Magui comparte piso con una chica que estudia el último curso de Farmacia y un chico que insiste en segundo de Ingeniería. La chica es bajita, fea y arisca. Se encierra en su dormitorio, separa su comida en la nevera, se sienta enfrente del televisor con un grueso manual lleno de pegatinas amarillas, ve programas infantiles vestida con un pijama masculino y no deja de subrayar y sobar el manual cambiando las pegatinas de sitio, arrugando el canto de las páginas, fabricando electricidad estática con sus zapatillas. El chico ha envejecido diez años con el fiasco de la convocatoria de septiembre, es divertido y holgazán, tiene tripa y calvicie de tuno, gafas llovidas de motitas de dentífrico, fajos monstruosos de apuntes que siempre permanecen en el mismo sitio, como sagrada escritura intocable. En su balda de la nevera guarda envases con guisos fermentados que hacen enfurecer a la chica bajita y arisca, pero ella está tan necesitada de sonrisas que bastan dos bromas y una morisqueta para que se ablande y se olvide del moho que comienza a trepar por la rejilla de ventilación. Hace mucho que se conocen y se toleran, se guardan cierto cariño e incluso comparten algunas cosas: los dos piensan, por ejemplo, que el otro es un triste personaje sin rumbo, un desgraciado. La llegada de Magui-ultraterrena amenaza con desmontar su frágil ecosistema de condescendencia y lástima.

Ocurrió así: la alienígena Magui aterriza en el Planeta Aburrido procedente de Brillante Andrómeda transportando sus libros, su ropa sencilla, sus mejillas refulgentes de rubor infantil, las campanitas de los rizos sobre los hombros redondos, el cascabel en el tobillo, su vocecita de niña ronca que regresa del campamento, la gota de sudor que hace plop en un poro de la nuca y se desliza entre los omoplatos salvando cada vértebra como una lancha neumática en el arroyo, deshaciéndose en la pequeña montura del cóccix, en la espuma de vello rubio que si la tumbas de espaldas en la mesa del comedor y enciendes la luz descubres que forma un finísimo triángulo entre las nalgas como si fuera el envés del pubis, y enseguida ¡plop! otra gota estalla y emerge y emprende el mismo recorrido de parque acuático.

La chica bajita y fea puso fauces de jabalí en cuanto la vio desmontar de su nave intergaláctica y pararse quietecita en el umbral, pero Magui no se iba a arredrar por eso, no, Magui ya había sufrido el desprecio de otros rostros grasientos de maquillaje, Magui se había acostumbrado a esa ojeriza, a ese asco, a esa rivalidad tan frecuente en la galaxia mierdosa de la que provenía.

Al chico tripudo se le caía la baba mientras alisaba la bayeta de su pelo escaso, encogía barriga, preparaba un chiste y limpioteaba el cristal de las gafas con la camiseta del viaje de fin de curso de la promoción a la que debería pertenecer, pensando qué suerte tengo, qué suerte tan increíble tengo, nadie se va a creer esto, je, y lamentando que aún faltara una década para que existiera la tecnología doméstica necesaria para, por ejemplo, instalar en la ducha una discretísima cámara miniaturizada.

A Magui le tocó el cuarto más pequeño pero todo lo que tenía cabía en una bolsa de lona. Colgó la ropa en el armario y puso *Buenos días, tristeza* en el alféizar de una ventana que abría al patio. Una lluvia rara de septiembre caía sobre la techumbre de uralita del primer piso. Se sentó en la cama, y sonrió.

Magui no entiende nada. Los profesores hablan y ella no entiende una palabra. En orden reglado dispone sus bolígrafos, sus lápices y su diccionario sobre la mesa pero ni siquiera alcanza a tomar notas porque en cuanto comienza a apuntar una frase encorchetada otra ya se desliza por la barba del profesor y ocupa el espacio de la primera, las palabras desconocidas forman largas ristras inasibles, el diccionario se aburre, Magui observa a los demás afanándose sobre sus folios y piensa soy idiota, soy tan idiota como las vacas de los prados, las vacas que sólo saben llorar como bebés, al menos ellas pueden llorar como bebés y sienten el consuelo de otras vacas que también lloran como bebés, y yo en cambio no tengo a nadie con quien llorar, nadie a quien decirle que soy idiota, cómo se busca *todo* en el diccionario, *todo* dice «(Del lat. *totus*). adj. Dicho de una cosa: que se toma o se comprende enteramente en la entidad o el número», y no es cierto, no se comprende nada, hasta el horario de clase, codificado en abreviaturas, le resulta una incógnita tártara, y la complicada organización de aulas y pasillos hace que camine como una niña tonta por el edificio, como un personaje de videojuego buscando una señal oculta en los muros, deteniéndose miope delante de cada aviso. La secuencia se repite varias veces al día: llega con retraso a clase después del agobiante deambulatorio, se sienta con sigilo, ordena el papel y los bolígrafos, dirige sus cinco sentidos hacia la tarima, se pellizca cuando se le va el santo al cielo y aun así sigue sin entender nada de lo que escribe en la pizarra la profesora joven de las piernas bonitas con el gracioso entusiasmo de *yo era como vosotros hasta hace muy poco*. Sí entiende, en cambio, a los compañeros que al oír la puerta se giran y la observan largo y no dejan de mirarla hasta que la profesora se pone celosa, y luego procuran que no se note cuando tuercen la cabeza para comprobar que no era un espejismo, que la chica asustada de las camisetas sencillas y los vaqueros gastados se sienta detrás de ellos con esa atmósfera de desamparo, ese estratosfera de naufragio, esa troposfera de cachonda languidez, y luego las campanitas sobre los hombros redondos, el cascabel en el tobillo, los demás etcéteras tan lúbricos. Esas miradas, son esas miradas las que Magui sí que entiende a la perfección, lleva años absorbiéndolas, comunicándose con ellas, de algún modo se alimenta de eso, en Brillante Andrómeda las criaturas celestiales siguen una dieta rigurosa y extraña.

Ninguno dejaría de abalanzarse sobre la chavala de los vaqueros gastados pero sólo se atreve quien menos confía en que le haga caso, y con aire de agitador estudiantil se acerca en el intercambio, le enseña una octavilla que anuncia una fiesta de bienvenida para los nuevos y le da dos besos muy lentos sabiéndose observado por la comparsa de los demás. Magui siente tanta ternura hacia ese chico rescatador de náufragos, niñas asustadas y minihéroes de videojuegos que comprende que debe ser amable y llevarlo de la mano al pequeño cuarto del armario que huele a rancio, *Buenos días, tristeza* sobre el alféizar, las cintas del chaval del flequillo sonando en un pequeño reproductor, el agitador estudiantil haciendo prácticas de laboratorio en el cuerpo elástico de Magui, Kurt lamentándose de lo chunga que es la vida, Magui pasando el rastrillo de sus dedos por la cabeza rizada del agitador hasta que, al amanecer, los despierta el fragor con el que la chica bajita y arisca se cepilla los dientes en el baño contiguo, las cerdas erosionando las encías, hilillos de sangre en los intersticios, la mirada fija en el espejo, la rabia de saber que Magui-alienígena ya abdujo a su primera víctima, lo sabía, lo sabía. Al día siguiente, Magui conoce en la fiesta de la octavilla a otros chicos muy simpáticos que se envalentonan y le dicen en plan padrecito que no debe angustiarse, los profesores lo sacan todo del mismo libro, sólo hay que coger ese libro y fusilarlo, y luego en clase finges que estás muy pendiente y que todo lo que ellos dicen te parece una genialidad. Magui escucha y sonríe, baila con ellos, bebe con ellos, hace tonterías y se queda dormida al lado de uno, despierta sin bragas en aquel piso de habitaciones gigantes, camina descalza hasta el baño, recuerda muy pocas cosas pero le escuece, se siente muy triste, en el salón hay grandes ventanas, entra la luz del mediodía, alguien duerme en el sofá, huele a tabaco y a cerveza derramada, Magui pisa la cerveza derramada, mira sus pies y comprueba que le falta una uña, sangra, busca sus cosas, se viste, se marcha sin despertar a nadie. El zapato le hace daño, en el calcetín hay una gota de sangre oscura. Se sienta en un banco y se adormece viendo a unos niños jugando al fútbol. Al abrir los ojos ya es de noche, las muñecas le duelen y las mejillas le arden. Cuando llega a casa tiene fiebre, el pie está infectado. En el ambulatorio el médico bromeará con ella para distraerla mientras extrae los restos de la uña partida.

Durante los días que siguen. Durante los días que siguen, el chico que va haciéndose viejo y algún día abandonará la carrera cuida de ella como un hermano, le calienta un caldo casi reciente que cocinó su madre, compra antibióticos en la farmacia y le trae libros de Benedetti porque sabe que Benedetti es una autopista directa hacia la ingle de las chavalas sensiblotas, y ella se sentirá tan agradecida, tan desamparada y desvalida en su tonta invalidez que muy pronto se acurrucará a su lado y le devolverá el favor, sí. Aunque nunca llegará a ser ingeniero, el chico sabe eso porque conoce el funcionamiento de ciertos mecanismos. Y cuando ocurra, la chica que estudia Farmacia con denuedo ya no logrará contenerse y en un rapto de ira le dirá todo lo que debió decirle desde el principio, y correrá a su habitación y dará un portazo formidable, le está bien empleado, sentirá deseos de arrancar los botones de su pijama masculino pero no lo hará porque a diferencia de la puta de su compañera de piso ella no hace cosas ridículas e impetuosas como arrancar botones de un pijama o acurrucarse al lado de nadie

al lado de nadie

y esa noche no conseguirá estudiar ni una sola línea y las horas pasarán en blanco cambiando las pegatinas de sitio y verá el amanecer sobre los tejados y pensará que es la primera vez en su vida que ve el amanecer sobre los tejados

sobre las zarzas de un cerro
sobre el cristal de un lago
sobre los cabellos
y las pestañas
y los dedos de un hombre
(las mangas de su pijama
son los únicos brazos masculinos
que la abrazan)

y al amanecer se atreverá a decirse en voz muy baja yo debería ser igual de puta, igual de puta, y sus manos abiertas hurgarán dentro del pijama y harán lo que nadie hace nunca,
nunca.

La Navidad supone una tregua en las hostilidades. Cada noche, el chico que bebe cerveza y observa cómo sus sienes se despueblan confía en que los nudillos suaves de Magui-convaleciente vuelvan a llamar a la puerta de su cuarto, pero nunca se repite esa escena delicada, Magui ya se encuentra bien, ya no siente esos arrebatos de gratitud, y ahora el chico sueña con un virus casi mortífero que persigue a jóvenes lindas y taciturnas, los científicos dicen que como remedio sólo sirve el caldito recalentado de una madre, los calditos recalentados se convierten en objetos muy cotizados, no te preocupes, muñeca, aún guardo tres botes en la nevera. Ella no debe de tener madre, piensa, nunca suena el teléfono, nunca vino nadie a visitarla a excepción de esos gorilas de la facultad que se escabullen dentro de su dormitorio, jadean y duermen a ronquido limpio hasta que la chica bajita y fea comienza a dar manotadas en la puerta. Está sola en el mundo, piensa.

La uralita repite en el patio el sonido de la lluvia y la cantinela de la lotería. El chico exhala sobre el cristal de sus gafas y dice tristemente que se va con su familia, nos vemos a la vuelta. La chica no dice nada pero dobla su pijama masculino debajo de la almohada, guarda sus libros gruesos en una maleta y se marcha ruidosamente.

La casa queda vacía.

No hay vademécum en la mesa de cristal, no hay bromas ni botellas.

Es mediodía, la lluvia y las ciento veinticinco mil pesetas vibran en el patio, Magui se abriga en su cama, se olvida del almuerzo, se hace un ovillo como si estuviera borracha.

Pero Magui no está borracha, no.

Magui se encuentra muy sobria y muy espabilada, sus cinco sentidos afilados y al acecho, las pupilas son dos sumideros gigantes, el finísimo velo de los oídos tiembla con la onda más débil, los ojos muy abiertos y fijos en una junta o en una moldura del armario rancio, en la caja transparente de una de las cintas, en la esquina doblada de *Buenos días, tristeza,* el oído-radar capturando todas las frecuencias que el patio reproduce, la válvula del cocido de la vecina, el traspié de una chancleta contra la alfombra, el trote de un niño descalzo, la canica que cae, rebota, hace una muesca en la losa. Y así, estimulado su cerebro por señales tan nítidas, Magui percibe en el refugio de su cama el pellizco de la lucidez, ahora lo comprendo todo, ahora lo entiendo todo, y la electricidad zigzaguea sobre las ondulaciones del córtex y provoca tormentas y cortocircuitos y es tan clarividente la lucidez con la que observa cada cosa que se siente aturdida en el centro del gigantesco canal de información, las piezas buscan su molde y al principio se deslizan muy despacio, pero pronto se desploman como piedras y a Magui no le da tiempo de colocarlas todas —azules, rojas, verdes—, llora, comprende.

Como si el mundo fuera un charco de mierda.

Claro que el mundo *es* un charco de mierda, Kurt se lo ha dicho muchas veces.

Magui recuerda algo que apuntó en clase de Estadística: el suicidio es la primera causa de mortalidad entre las mujeres de treinta años. Y dice: soy una mujercita precoz, jovencita transmutada en mujer de treinta años, mujer prematura, piensa, pero no quiero la navaja ni la soga ni el gas, sólo quiero quedarme en esta cama para siempre, no moverme de este nudo que forman mis piernas de niña pequeña recogidas en mis manos de niña mayor, ¿puede alguien provocarse la muerte así, la muerte por inacción, morirse de asco sin más?, ¿es posible eso? Y decide probar, fosilizarse, petrificarse en el ovillo como un trilobite, no mover un dedo hasta que algo ocurra, probar a ver cuánto aguanto, si resisto hasta que dentro de dos semanas la llave de la chica fea y arisca abra la puerta con escándalo, arrastre sus bártulos y sus pesados libros por el pasillo y perciba ese olor tan ácido que desprenden las jovencitas prematuramente transmutadas en mujeres de treinta años, ¿qué hará entonces?, ¿dará saltitos de alegría, escupirá sobre el despojo amarillo?, ¿o correrá al teléfono, el corazón batiendo de dolor y remordimiento, se arrodillará a mi lado suplicándome perdón por todos los agravios, por el desprecio, por no haber entendido que estoy tan sola en el mundo como tú, tan sola? Todas las piezas —las amarillas, las azules, las verdes— se desbaratan y caen, el bulbo raquídeo es una lámpara recalentada que se funde, Magui absorbe el narcótico del sueño y del hambre y de los huesos contraídos, la oscuridad ya no permite ver las molduras del armario rancio ni la cajita transparente ni la esquina doblada del libro, es madrugada, en el patio se extinguieron las luces blancas de la cocina y los tenedores batiendo huevos para la cena, el borde quemado de la tortilla, la radio repitiendo los números premiados en la lotería, las temperaturas mínimas, el tráfico será denso en dirección a la costa, sonaron todos los clics de todos los interruptores de todos los dormitorios, ya nada existe, ya cada párpado cerrado.

Es madrugada, Magui siente que es el único humanoide con vida en este planeta de dolor y náusea.

Y entonces ocurre.

Ocurre.

Ocurre que los órganos de Magui se resisten, confabulan y acuerdan una medida de urgencia para salvarla de la destrucción, y a través de las galerías linfáticas envían señales químicas y contracciones musculares, y los tejidos se deshidratan y un analgésico inhibe los esfínteres para que el fluido recorra los conductos y encuentre despejada la salida, y Magui se mea encima, Magui se encharca en las sábanas, se inunda de meados amarillos, verdeazulados, castaños, chorros distintos que provienen de lugares distintos de su cuerpo, chorros continuos e inacabables que hacen que Magui naufrague en la balsa de su cama oscura, muy oscura y maloliente, y las sábanas empapadas se pegan a sus muslos, y el pubis es un charco, y al incorporarse las manos resbalan, y

Magui despierta de su letargo y da un grito y se revuelve y lucha para liberarse de las sábanas y siente asco pero otro asco muy distinto que no lleva a la inacción ni a la parálisis sino al lavabo.

Como en un anuncio de café soluble. Como en un anuncio de café soluble, Magui sostiene una taza caliente, el pelo mojado sobre la nuca, el agua de colonia borrando las moléculas de orina, los ojos fijos en la ventana que da a la calle donde los faroles de hierro iluminan a nadie. Detrás de ella, el centrifugado de la lavadora exprime las sábanas con su zumbido de cohete interestelar. Las manos le huelen a lejía. Respira despacio, como un animal en reposo que recupera el pulso después de la huida, ya no hay predadores ni orejas puntiagudas en el risco, ya el asesino tropezó en la roca y se hirió la garra, ya regresa la quietud a la madrugada lenta de la casa deshabitada. La mesa de cristal, sin vademécum ni pegatinas amarillas, refleja el líquido naranja del alumbrado público, es denso, es una atmósfera que convierte a Magui en alienígena naranja, dedos naranjas, pies naranjas, vientre vacío y naranja. A sorbos bebe su taza caliente y se complace del pijama limpio y de la supervivencia.

La supervivencia.

Como un anuncio de café soluble.

Magui recuerda: en mi habitación, encima de una cómoda donde mamá guardaba mis camisetas interiores y mis braguitas y mis calcetines, había una pequeña estantería de plástico donde se apilaban los veinte volúmenes de la Biblioteca de los Jóvenes Castores. Cada uno tenía en el lomo un pequeño dibujo que formaba un puzle con los demás, si los movías de su sitio el puzle se desbarataba y sólo veías pies y orejas y picos desordenados en lugar de las figuritas completas de los cuatro sobrinos del Pato Donald que, pequeños cabrones, manteaban y hacían volar a su tío sobre sus cabezas. Los Jóvenes Castores eran listísimos, sabían hacer nudos de diferentes clases, fabricar una brújula con una aguja y una hoja de árbol, calcular la edad de una secuoya, seguir las huellas de un alce en la nieve, construir un comedero para pájaros con una botella vacía; pero en Belalcázar no había secuoyas ni alces vagando en la nieve, y mamá no me dejaba colgar un comedero en el patio porque los gorriones iban a ponerlo todo perdido de cagadas pero yo era una alumna aplicada y pasaba las tardes aprendiendo a trenzar nudos corredizos con los cordones de mis zapatos, estudiando el lenguaje morse por si algún día, perdida en el bosque de las secuoyas, tuviera que lanzar señales de aviso con el humo de una fogata o los reflejos de la linterna que un joven castor siempre lleva encima: punto-punto-punto, raya-raya-raya, punto-punto-punto, *save our souls, save our souls,* decía el telegrafista de aquel barco condenado que se hundió en el océano.

  punto-punto-punto   raya-raya-raya
   punto-punto-punto

 Y Magui se hunde en el océano, y hace clic-clic-clic con el interruptor de la luz de la sala, y repite el mensaje tres, cuatro, cinco veces, hasta que en una ventana, a ras

de suelo, en un sótano que parece un agujero, se enciende y se apaga una luz,
una luz,
que escribe letras sin sentido.

Su nombre en un parpadeo. En la sábana que el quincallero estira sobre la acera, Lecu encuentra cada jueves incalculables tesoros. Encuentra, por ejemplo, una lamparita de aceite, el puño de nácar de un bastón, un abrecartas con forma de espada medieval, fotonovelas, manuales de haipkido, la *Guía del Nuevo Samurái* y, detrás de un quinqué con pantalla de cristal, los veinte volúmenes casi nuevos de la *Biblioteca de los Jóvenes Castores*. Por eso el joven hobbit llamado Lecu sabe cómo imantar una aguja de coser, cuál es el lugar propicio para levantar un campamento, cómo encender fuego con leña mojada, es decir, todo lo que el Sr. Alto y Locuaz no aprendió con las monjas de la inclusa; pero sobre todo sabe escribir en morse con la linterna «Logan tiene hambre», «Logan afila sus garras», y también entiende
       punto-punto-punto   raya-raya-raya
                punto-punto-punto
save our souls, save our souls,
aunque a veces confunde rayas y puntos, y las letras le bailan y no recuerda si auxilio se escribía con equis o sin equis, y Magui se exprime para buscarle un sentido al galimatías que apunta en el cuaderno, cómo te llamas, cree que dice, y ella responde Magui, Magui, pero él entiende Guima.

Durante los días siguientes la escena se repite. Al caer la noche, Magui saluda y Lecu responde con letras desconcertantes, igual que los espíritus a los que convocaba la Sra. Amable Dos con su abecedario. Magui dice no sé tu nombre y Lecu dice Logan, Logan.
Logan, piensa Magui.
Y en su cabeza surgen hombros muy fuertes, manos muy grandes, cabellos muy brillantes.
Logan, piensa Magui.
Es hermoso.
Y decide coger del cuartito una manta, las cintas de Kurt y *Buenos días, tristeza* y olvidarse del armario rancio y mudarse al salón de la mesa de cristal, eso hace. El sofá se convierte en una balsa mullida, ya no está sola, la navegación es suave, el océano fosforece.
Cada noche el juego continúa hasta que Magui se queda dormida antes de que Lecu se arrastre fuera del agujero, soñoliento, y camine hacia la parada del autobús, el Orco Rotundo le escupirá a ti qué coño te pasa esta semana. Logan sueña con Guima mientras atiborra la tripa del boeing y Magui aún no sabe nada del mechón de queratina, los ojos oscurísimos, la boca delgada como un sobre. Para ella, Logan es una luz que le manda un besito de enamorado, y esa luz le aporta la energía para levantarse, hervir un puñado de arroz, encender la televisión, comer una pizca, dejar el plato medio lleno, esperar a que se haga de noche, leer un versito de Benedetti, distraerse con el tubo de desodorante, escribir alguna cosa en un cuaderno, no pensar en el resto.

Pero en nochevieja
hostiaputa
cuando todo marchaba, todo
fluía, nada estorbaba, nada rompía la armonía de balsa-ventana-luz-agujero, nada,
ese día,
joder
algo sucede en el interior de Magui.
Algo distinto del concierto de los órganos, el escapismo de los fluidos, algo.

Sucede que siente náuseas y una centella en su vientre, un pálpito de pánico la atraviesa, los dedos hacen la suma de cuatro, seis, ocho semanas, cae en la cuenta
hostiaputa
cae en la cuenta de que no le viene la regla desde hace dos meses.

Magui —arrasada en su balsa de tres plazas, náufraga como jamás lo fue— no tiene dudas, hay un bicho aquí dentro, estoy invadida por un bicho con dientes y uñas, dice, y se imagina todo el alboroto de esperma que su vagina, serás idiota, deglutió durante aquellas fiestecitas de las octavillas, las entradas y salidas de su cuarto, el rastrillo de dedos en las cabezas de rizos y en las cabezas lacias, el rencor de la chica bajita y arisca, se pondrá contentísima cuando lo sepa, habría que recurrir al censo universitario para hacer la lista de candidatos, tal vez sea un poco de todos, tal vez se fusionaron unos pececitos con otros, pequeños buceadores rebujados, y entre todos se abrieron paso e introdujeron su carga explosiva como diminutos zapadores, ¡bum! ¡bum!, ahora darás a luz a una camada de muchachotes, Magui-cochina. El tiempo transcurrió tan rápido y tan narcótico, sin abrir un libro, sin estudiar una página ni pasar a limpio los apuntes incomprensibles con su letra escolar; lo único que hizo durante esos meses fue follarse a cada chico de la facultad que se le acercaba, follarse a los guapos y a los feos, a los que la seguían por los pasillos y a los que ni siquiera tuvieron que mendigarle, y todos sus planes, todos, aquel proyecto fabuloso que concibió en el pueblucho de mierda ya es nada, ya es cuento, ya es un óvulo masivamente concebido.

Porque Magui no necesita hacerse ninguna prueba en la farmacia, orinar sobre ningún cartoncito, no. Basta coger un espejo, sentarse en el suelo y abrir las piernas para ver los ojos nacientes del astuto invasor, ya está aquí, ya fabricó su refugio, su muralla de coágulos y cartílagos, piensa, como los nabucodonosorcitos en la maceta de Epi. Y ahora qué. Qué vas a hacer ahora, Margarita. Y ni la luz parlante ni las manos soñadas le sirven de consuelo ni le dan respuesta alguna.

Frente al espejo, dice muy seria: «Nadie te llamó, nadie quiso que vinieras, márchate, búscate otro sitio». Si pudiera sacarlo con unas pinzas y meterlo en una botella, lo alimentaría, piensa, le daría granitos de arroz y gotitas de leche. Pero no aquí dentro. Aquí dentro no. Aquí dentro Buenchico y Kurt y los muchachos asustados y quien yo decida. Aquí dentro Logan. Pero no un intruso, no un insecto invasor.

«Puedo matarme de hambre y escuchimizarte, te lo advierto. Puedo beber hasta que te vomite y me desmaye. Puedo tirarme por una escalera, eso siempre funciona. Puedo comer cosas podridas (en la nevera hay muchas), intoxicarme, deshidratarme, secarte, exprimirte, expulsarte en una diarrea. Puedo odiarte. Odiarte y no dejar que salgas nunca. Follar hasta que te revienten».

Magui-premamá se desespera y llora, piensa en hospitales, en tenazas, púas y luces de quirófano, las mismas pinzas con las que el médico le arrancó la uña partida, la uña que aún es carne blanda y arrugada, como el intruso, el mismo olor a yodo y agua oxigenada que impregnaba el cuartito del practicante sádico que dijo esto te va a doler mucho, muchísimo, la nariz hundida en el cobijo de los senos apacibles de mamá, adónde ir, qué decirle a quién, qué escribir en el formulario

    no
    yo no quiero derramarme en una mesa
    no quiero las manos frías de un médico
    no quiero el foco ni la conmiseración
    no quiero la sonrisa de complicidad
    no quiero a nadie tan cerca
    ningún topo comerraíces
    ningún buceador de plástico arponeando
                         dentro de mí
    esto no es un vientre
    ni una gruta ni una madriguera
    es un sarcófago
    una cámara mortuoria

No del todo humano. Lecu observa unos filamentos blanquecinos que se agitan con nervio dentro del cubo. Son lombrices.

Lecu alumbra con dolor a los Primeros Nacidos de Mundolecu y se rasca las nalgas como un perrillo pulgoso retorciéndose en el colchón, sufriendo y pensando que todo es un ardid de los centinelas, los cobardes centinelas cazadores de mutantes que inyectaron un virus maligno en las latas de albóndigas. Lecu convoca a Logan con un alarido lastimoso pero las garras de *adamiantum* no sirven contra un enemigo de ese tamaño, los gusanitos trepan por los colmillos y siguen perforando, ñam-ñam, perforando su interior, la fiebre le hace sudar y llorar con un aullido agudo. Algunos viandantes se alarman al oír ese grito no del todo humano, la mayoría aprieta el paso o cambia de acera pero otros se asoman y salen corriendo al ver el revoltijo que Lecu forma en el colchón, el cubo a sus pies.

Pasan las horas, los días. Lecu se deshace, pierde el combate. En la calle hay ruido de botellas rotas y fuegos artificiales.

No quiero que nadie.
Secuencia Uno. Interior. Habitación en penumbra. La oscuridad permite ver un sofá gigante como balsa de náufrago, una ventana, una mesa de cristal, un televisor. En el suelo hay una cámara de vídeo, una botella de cocacola, un plato de arroz seco, papel higiénico, suciedad. Espacio pequeño y denso.

Sentada en el sofá, una mujer.

La llamaremos Magui o Margarita o Marga.

En el televisor se reproduce *Ben-Hur*. Nicodemo dice: «¿Por qué me has permitido vivir hasta este día?», y se tapa los ojos, horrorizado. La mujer apaga la televisión, enciende la cámara, la deja en el suelo.

A través de la ventana llegan risas y voces masculinas. La mujer se asoma. Las risas se alejan. La mujer canta una canción tonta. Su mano cubre la lente. En el dorso puede leerse la palabra HUMO escrita con rotulador. Primer plano.

MAGUI: No quiero que nadie me meta una cuchara en la vagina.

Detiene la grabación, rebobina la cinta y vuelve a grabar.

»No voy a dejar que nadie me…

Stop. Rew. Rec.

»Que haga ras-ras…

Stop. Rew. Rec.

»Tengo veinte años. Cuando tú…

Stop. Rew. Rec.

»Tengo veinti…

Stop. Rew. Rec.

»Soy tu mamá. Di «hola, mamá».

Silencio.

»No, yo no soy tu mamá, sólo soy el conducto por el que te deslizaste hacia unos guantes de goma.

Silencio.

»El médico gritaba "¡pónganle tal cosa!, ¡no sé cuántos miligramos de estupiterol!, ¡ahora, ahora! ¡La perdemos!".

Risas.

»Me dijeron: tienes el corazón demasiado pequeño.

Silencio. La cámara enfoca los pies, las manos, las rodillas de la mujer.

»Me dijeron: será como provocarte un infarto. El corazón, bum-bum, bum-bum, tendrá que latir más deprisa y... y... te morirás allí mismo, el bebé en brazos de una desconocida.

Silencio.

»*(Susurrando, sigue imitando otra voz)* Por eso tienes que dejar que ras-ras-rasquemos para sacártelo ahora que no tiene huesos ni ojos.

Silencio.

»Piensa que es un insecto, una infección, una bola de pus, una bala. ¿Qué te pasa? ¿Eres católica o qué?

Risas en la calle. Carreras, una botella rota.

»Nadie tiene que jurarme amor eterno para acostarse conmigo.

Silencio.

»Pensarás que tu mamá-mala era una puta. Sobre todo si tu mamá-buena te ha llevado a un colegio caro. Pero qué más da. Cuando veas esto ya habrá pasado tanto tiempo. De mí no quedará nada.

Silencio.

»Tú te lo habrás tragado todo, glotona.

Silencio.

»*(Imitando)* Niña buena, niña mala, niña buena, niña mala.

Silencio.

»Si fueras un niño te llamaría Mortimer. O Kurt. O Stalin.

Silencio.
»Si fueras una niña te llamaría Natacha. O Tatiana. O Judith.
Silencio.
»Para que tuvieras un nombre homicida.
Silencio.
»No necesito ir a un médico para saberlo. Mi corazón es muy pequeño. Cuando el tuyo comience a latir, te comerás el mío a bocados.
Silencio.
»A bocados.

        punto-punto-punto   raya-raya-raya
                punto-punto-punto

¿Hay alguien ahí?, *save our souls,* dice Magui, la luz del agujero está encendida pero no titila, no habla; justo esa noche en la que ella necesita como nunca el abrazo peludo de Logan.

        punto-punto-punto   raya-raya-raya
                punto-punto-punto

Magui ha perdido la cuenta de los días, los días y las noches se confundieron pero al oír los gritos, las carreras, los cristales rotos y los fuegos de artificio, comprende: es nochevieja, el mundo celebra el amor renacido y la felicidad irresponsable, el mundo no es mi sitio. Piensa en Buenchico, en el niño-Kurt, en el agitador de las octavillas y en todos los demás brindando con sus familias, besándose con otras chicas, es nochevieja, piensa, soy un muerto viviente de Ghost 'n Goblins.

punto-punto-punto   raya-raya-raya
punto-punto-punto

La luz sigue fija y muda. Piensa: quizá exista una Sra. Logan. Una Sra. Logan que lleve medias y vestido oscuro y que beba champaña, Sra. Logan.

Y ese pensamiento es una gota china sobre su frente, pic, pic, las carreras, las botellas descorchadas, las serpentinas, las chicas que se enredan en ellas y se abrazan a sus novios, los coches tocando las bocinas, es nochevieja, oh, Logan, eres odioso, ¡odioso!, te has burlado de mí, perro-Logan.

punto-punto-punto   raya-raya-raya
punto-punto-punto

Y Magui se ve a sí misma tan idiota abriendo la puerta de casa (plano picado, travelín lento), bajando las escaleras (detalle de unos zapatos deportivos desatados), cruzando las calles sin esquivar a los coches que zumban (cenital largo, contraplano grotesco de los chicos canallas, borrachos, las chicas maquilladas, bellas, borrachas), trotando hasta la boca del agujero (audio apagado, plano medio muy lento hasta el culo, tiene un bonito culo, a la gente le gustará esto).

Y se asoma.

Y ve el mueblecito de las albóndigas.

Ve el infiernillo y las sartenes sucias.
Ve los libros desperdigados.
Ve las revistas guarras, las cintas del curso de italiano, la *Guía del Nuevo Samurái,* la Biblioteca de los Jóvenes Castores, el cubo maloliente, el colchón.
Y en el colchón un pie descalzo. Un cuerpo muy blanco que tirita.
El mechón rojo como llama de superhéroe,
       superhéroe derribado,
      superhéroe caído en tintas ocres,
    esto me han urdido mis enemigos malos.
Y Magui sabe que Logan se muere, mi amado Logan, príncipe marchito.
Y que ella es la única dama cósmica que puede salvarlo.
Y cierra los ojos y se concentra y convoca a los dioses para que habiten en sus dedos sanadores, magnéticos, suaves.

El Propietario. El Propietario sube el volumen de la siemprencendida para ahogar el tableteo de sus propios dientes. En la pantalla, un presentador de esmoquin pone su manaza sobre la cadera de una infeliz que sostiene dos globos aerostáticos debajo de un bikini de lagrimitas. El Propietario contempla la escena con ojos vacíos, el visor estancado de vejaciones, nada cambió, todo sigue como siempre, dice. La ultraprotección de su madre hizo de él un niño asustadizo, no te subas ahí, te vas a caer, eso tiene microbios, no te acerques al borde, ten cuidadito, si te duele mucho avisa, hoy es mejor que no vayas al cole, abrígate, se cogen los peores resfriados en verano, no te fíes, es difícil sobreponerse a tanta metralla, es realmente complicado afianzar una identidad en medio de esa sopa. Siempre ha vivido dentro de sí, acorazado como un armadillo, con la vista baja y el reojo dispuesto, temiendo un traspiés, un asalto, pero el tiempo pasa y ya perdió demasiado pelo, cumplió treinta, quedó huérfano y desamparado, la declaración de la renta se ha vuelto enrevesada por culpa del apartado sucesiones y patrimonios, no es un hombre rico pero podría permitirse muchos caprichos, ha dibujado en su mente un plan de redención inspirado en la luz amarilla de *Los vigilantes de la playa* y en algún Booker Prize perturbador.

El plan, básicamente, consiste en: quemar todos sus trajes, ahorcar todas sus corbatas, lanzar por los aires todos los mocasines, comprar camisas sembradas de pacíficos, subir la escalerilla de un avión, sonreír con gesto extraño a las azafatas, volar muchas horas al sur del paralelo 20, alquilar una choza mugrienta, aprender a pescar y a cazar osos, casarse con una jovencita de piel de cuero.

Es decir, lo de siempre.

Lo de siempre salvo por un pequeño detalle: el propietario del agujero y las suelas de goma *realmente* va a hacerlo. Y *realmente* ha comprado mapas y revistas de viaje, ha trazado las rutas, se ha vacunado, ha reunido el dinero, ha acumulado el pecado de la usura al de la insustancialidad.

Es decir, todo está dispuesto.
Todo salvo un pequeño asuntillo.
Y el asuntillo es
Lecu.
El hijo de puta que vive en el agujero.

No puede permitir que un invasor se cuele en su propiedad, que un bolchevique ponga sus sucias plantas en su territorio. Se esperaría que esa misma noche la policía sacara de los pelos al polizonte y lo tirara por la borda, una corte de tiburones haciendo chirriar sus mandíbulas, o incluso que él mismo se remangara, se escupiera en las manos y saltara dentro del agujero para soltarle una andanada de hostias, aprende a respetar lo que no es tuyo, gusano.

Pero al Propietario se le vino encima todo el miedo devanado en su cabecita, y si sabe dónde vivo, y si se burla de mí, y si se entera de que lo denuncié, y si llama de madrugada a la puerta, y si. Que viva ahí dentro si le gusta, que se muera de asco o de sobredosis (¡ah!, si quedó inmunizado de chiquito, si se trata del niño mutante, qué poco lo conoces, Propietario-incauto), y desde ese día no dejó de escrutar y se acostumbró a seguir los horarios del invasor con unos prismáticos, observando sus idas y venidas, su flequillo brillante, sus estrambóticos ojos fijos, y cuando aquel agente llamó a casa y en ese tono tan indiferente le dijo hay un tío viviendo en su garaje, el Propietario se convenció de que no queda sino batirnos y, clinc-clanc, espadas al sol, y en un gesto de bravura se calzó sus zapatos de goma, bajó las escaleras, enfiló la acera con paso seguro, se asomó al agujero y vio esa cosa, oh, vio ese cuerpo retorcido, vio el cubo y las heces, vio los ojos de Lobo-Lecu clavados en los suyos.

Y huyó.

Huyó, y por eso ahora tiembla como un conejo, sube el volumen de la siemprencendida para enmudecer los hipos y el sorbete de mocos con el que se queja de su mala suerte, triste de mí, ay, infelice, por qué no nací con puños fuertes en lugar de estos trapos, por qué mamá no me apuntó a judo, por qué me tortura ahora esta ristra de negaciones, no sirves para nada, eres un mierda, un cobarde, un niñito llorica, te condenaste a follar sólo lo que permita tu cartera.

Pero eso es mucho, ahora eso es muchísimo, piensa enseguida, y hace memoria de todo su dinero y enjuga una lágrima reconfortante viendo a la muchachita vestida de corista que parece a punto de hincharse, hincharse, hincharse dentro del bikini y despegar como un zepelín sobre la tonsura del presentador. Estimulado por el dulce icono y tonificado por el recuerdo de su fecunda cuenta bancaria, el propietario del agujero sonríe y se chofturba.

Dulce Rostro. En la neblina de la fiebre aparecen los ojos y la nariz de Magui,
    que no se apartó de su lado,
    que tiró a la basura las latas de albóndigas,
    que en la farmacia compró cápsulas para acabar
    con los bichitos que vivían en la tripa de Logan,

que mojaba su frente con un paño frío,
que le hablaba en susurros diciendo cosas de enamorados.

El Dulce Rostro de María —piensa—, sus ojos como constelaciones, sus mejillas como prados sembrados de flores rojas: todo eso contemplaremos en el cielo si seguimos el camino de Jesús, ¿quieres seguir el camino de Jesús?, ¿quieres? Pero huele a colonia, el cubo está vacío y escurrido, los libros se apilan junto al mueblecito, no, ni siquiera el cielo puede tener esta pinta, ¿qué ocurre?, despierta, Logan, despierta.

Y entonces Logan-Lecu abre bien los ojos y Magui se abraza a él y le besa los párpados y la frente, besos frenéticos y mojados que caen en llovizna y le hacen reír, se siente tan débil, tan débil y aturdido que no acierta a devolver ninguno aunque quisiera encajar su nariz en el cuello fragante de Magui y apretarla tan fuerte como Magui aprieta a Logan, ¡estás vivo!, ahora no te muevas, mi amor, tienes que descansar, descansar y ponerte fuerte, estuviste muy enfermo, agarra la mano blanda de Lecu y la posa sobre su vientre.

Pronto, las cintas de Kurt, las camisetas sencillas, los vaqueros gastados y *Buenos días, tristeza* se mudan al agujero.

Como si fueran humanos. Lecu dejó de madrugar —la garganta de Orco Rotundo contraída, dónde se ha metido este imbécil—, abandonó sus rutas dominicales en autobús y sus expediciones por las traseras del supermercado para adentrase como un salvaje en la fronda del territorio maguiano.

Magui no volvió a clase —la profesora de las piernas bonitas respiró aliviada—, no se despidió de la chica resentida ni del chico divertido ni de su cohorte de folladores de la facultad, guardó todas sus cosas en el armario de las albóndigas, escondió su dinero en el azulejo, saltó de la balsa de náufrago y llenó sus pulmones de ácido y oxígeno para sumergirse en las fosas submarinas de Mundolecu.

Cualquiera que los hubiera visto paseando por la avenida como una pareja de enamorados, besándose en los bancos, bebiendo cerveza y comiendo altramuces en las terrazas como si fueran humanos, habría llegado a pensar que eran humanos *de verdad* en lugar de dos heliotropos mutantes. Dos humanos que hacían planes de futuro, sonreían, jugaban como cachorros de la misma especie y parecían felices, raros y felices, cómicamente felices: la barriga de Magui inflándose como un globo, el mechón de Lecu ondeando como el emblema de su victoria sobre mí.

Ya amanece y los zapatos caminan apresurados detrás del medio vidrio. Un haz de luz ilumina el ovillo que Magui forma sobre el cuerpo apagado de Lecu, sus dedos largos, el índice izquierdo tronchado, los brazos delgados, el hueso de los hombros, el sello enigmático de la vacuna de la rubeola como un orificio por el que se pudiera soplar y llenar la piel vacía. Retengo cada fotograma en mi visor atrapasueños, ninguna imagen de la siemprencendida, ningún encuadre de cinemascope puede ser tan hermoso: sus cuerpos jugando al *twister*, círculo rojo, círculo azul, el mierdoso nene Lecu transitando la llanura de Magui, Magui retorciéndose, Lecu explorando a Magui como un mapa mudo sobre el que imprimir cordilleras, estuarios y afluentes con sus ojos de rotring, trazando espirales sobre la marca de la rubeola, marca hipnótica como el disco de un mago, como los parabrisas del coche detenido en el arcén (la lluvia aprieta, los pilotos de emergencia tintinean como insectos), en el cuarto de la Casa de las Yucas se pasaba las horas observando la circunferencia labrada en la piel de MaiT, nene-bobo-absorto buscando un significado, imaginando campos de concentración y guardianas crueles que hierven el hierro en el horno crematorio.

Desde mi ventana sigo cada fase del juego: las luces parpadeantes, el cortejo, sus sucios pies y sus sucias manos sobre mi propiedad. Atravieso los muros, desintegro los obstáculos, fotografío a los invasores dentro de su cámara oscura, soy el cíclope Scott Summers y el rayo justiciero habita en mis ojos, agudizados en el esfuerzo de seguir a Magui calle arriba, calle abajo, de recontar a todos los chicos que la besaron en el portal y subieron con nervio a su casa, en el ejercicio de perseguir en la distancia el corchete del sujetador de Magui, adiestrados en odiar a Lecu-invasor, en sobornar a los mendigos magnéticos, llamar a la policía diez veces en una noche, inventar historias, ser el archienemigo de Logan.

Lecumberridiota, Lecumberridiota: vive en ese agujero si te place, púdrete, fosilízate con las losas, es tuyo, te lo regalo, serás su habitante-hobbit de por vida. Pero no el habitante de Magui. No la tierna carne de Magui en tu boca. No su hermosa aversión contra el mundo, su trauma hermoso, sus tinieblas materiales, su languidez lúbrica.

Yo puse mi divisa sobre ella la primera vez que sus pies de ardilla tocaron esta calle, sus vaqueros gastados, sus púdicas camisetas, el morral de lona donde guardaba todas sus cosas.

Me dije esa chica es el cáliz.

El portal se llenó de muchachos pero nada me importaba porque ellos no aspiraban el aroma de su nuca haciendo cola en el supermercado, no jugaban al escondite en los pasillos del bazar; esas incursiones eran mi privilegio.

Pero dejar que se pierda en tu mundo subterráneo, dejar que la hundas contigo en la propiedad usurpada... no, es demasiado. Así que afila tus garras, araña las paredes de tu cueva, olfatea el viento, busca mi sombra, porque pronto tu cabeza será un adorno en mi despacho, liberaré a la chica capturada y ella se abrazará a mí con una falda muy corta mientras la luz amarilla dice *Congratulations! Try now the highest level!*

Ay, mísero, ay, infelice. Yo vigilaba a Magui como un centinela, sus vaqueros y su pelo recogido con un lápiz, sus hombros, sus pequeños pies, y ahora en cambio el viento de las huertas atiborra de estiércol la parada del autobús, Logan arruga la nariz, su olfato se encuentra aturdido en la nube tóxica, Magui ni siquiera percibe eso porque de niña sus fosas nasales sintetizaron la química de las vacas y la llamaron *aire* —la barriga gomosa le tapa los pies escondiendo sus botas de mujer resuelta, Logan vio esas botas sobre la manta del quincallero y dijo son perfectas para Guima, la barriga es una sandía artificialmente engordada—.

Mis dos heliotropos. Mi Magui robada. El odioso Lecu. Yo no quisiera que nunca llegara el autobús que aguardan, que para siempre quedaran congelados en esa viñeta de cómic, el dibujo plasticoso, el trazo grueso de tinta brillante. Pero un motor ya ruge y en la esquina cabecean los retrovisores, suena el silbido del compresor de aire, las puertas se abren, el dibujo de Magui-Lecu se mueve, sube, el diésel ronca.

La calle queda desierta como en aquellas películas de holocaustos, dónde poner ahora los ojos que no saben estarse quietos.

Por eso salgo de mi escondite (plano detalle del rostro contraído).

Bajo las escaleras (picado rápido).

Me dejo cegar por la luz (cámara subjetiva).

Cruzo la calle como un soldado que teme a los francotiradores (travelín).

Aparto el cartón, el medio vidrio (detalle).

Me escurro resoplando dentro del agujero (audio ampliado).

Con rencor de roca miro sus mierdas y sus cosas (cámara al hombro), revuelvo, escupo, orino sobre su colchón, golpeo, salto de una pared a otra, imprimo las suelas de

mis zapatos de goma en los tabiques hasta que un azulejo cede y cae.
    Cae y se rompe con estruendo de vajilla delicada.
        Se rompe y muestra un hueco horadado en el cemento.
            Y en el hueco, una caja.
                Y en la caja, dinero.
                Dinero.
                Oh.
                    Todo ese dinero
                    que no necesito.

    La azafata representa su función como una actriz de kabuki, gélida la mueca detenida mientras la voz eléctrica del sobrecargo recita el poema *Advertencias de Seguridad.* Le queda tan mal el uniforme que todos nos compadecemos de ella, igual que ella se compadece de mí con la discreta amabilidad que le enseñaron en la academia.
    El avión aguarda en la pista como un animal agazapado. El pasaje gruñe, los dedos tamborilean sobre el reposabrazos. Desde la ventana observo la flota de boeings atracados en los muelles como galgos exhaustos con su vitola en las ancas: las caligrafías de las compañías japonesas, el sol naranja de Thai, las hojas de arce de Canadá, los tigres, las enramadas, los mosaicos de British. Los reactores resuenan y fastidian mi meditación zen, la garra se afirma, el animal se lanza en desquiciada cabalgata hacia la boca de la pista, intento rezar de veras pero no recuerdo el padrenuestro ni el avemaría,

ni siquiera el jesusitodemivida, sólo la voz de Samuel L. Jackson en *Pulp Fiction, el camino del hombre recto está rodeado de la injusticia de los egoístas y la tiranía de los hombres malos,* el cinturón se aprieta en mi estómago, *bendito sea el pastor que rescate a los débiles del valle de la oscuridad,* la hebilla compite con los jugos gástricos comprimiendo el desayuno, *porque él será el guardián de sus hermanos y el descubridor de los niños perdidos,* quiero una estampita de la Virgen de Nosequé, una medalla del Santo Rosario, un perfil del Cristo de las Tres Caídas, *y os aseguro que vendré a castigar con furia y cólera a aquellos que intenten envenenar y destruir a mis hermanos,* y en cambio sólo guardo el cromo del cachorro Lecu, de la herida Magui, *y tú sabrás que mi nombre es Yahvé cuando caiga mi venganza sobre ti,* los atesoro, fabrico un refugio con los dedos, el avión levanta la nariz y me oprime contra el asiento, ya vuela, ya vuela.

Al sur del paralelo 20, inquieto como un niño hiperactivo y encorvado sobre la mesa plegable, escribo en el cuaderno esponjoso, el codo tapando la nota como el estudiante rastrero, la lamparita encendida mientras todos dormitan o azulean delante de sus minipantallas de cristal líquido, la azafata comprobando cada tanto que respiro y no muerdo, el boeing silbando hacia el arrecife de Kalim, el rompiente de delineante, hidromecánica práctica, los antros amarillos donde las chicas gritan *mister, mister, five dollars* (pero *five dollars* nunca son *five dollars, five dollars* se convierten arteramente en *fifty dollars,* y la mirada malaya del protector dice *just pay the girl and go, mister,* aprietas el pasaporte y temes), la cabaña, la empalizada de bambú, la pequeña de la piel de cuero a tu lado, los mosquitos zumbando como diminutos *stukas,* Lecusurpador y Maguinvisible muy lejos, el dinero palpitando en el bolsillo como el corazón arrancado de un ciervo.

La azafata me mira con esos ojos y se concentra en servir cocacolas enanas y tazas de café, finge que no ve las mejillas rosadas de Magui, redondas como cerezas, los ojos oscuros de Lecu, brillantes como lomo de escarabajo. La azafata confía en Dios, ama a sus padres, no quiere creer en las hadas ni en las estadísticas de siniestros ni en esas figuras diminutas que algunos hombres transportan en el bolsillo de sus camisas, se convence de que eso que hizo en Sydney no es un pecado tan grave, echa de menos a su hijito, se arrepiente de haber renunciado a la custodia, etcétera. Siento lástima por ella, tan verosímil y dramática, enterrada dentro de su uniforme, el pelo recogido con un pasador con forma de fósil. Con los brazos abiertos recorre el pasillo, dice ¿se encuentra bien, señor?, y observa el verde de mis mejillas, la mandíbula apretada. Me ofrece zumos y revistas en lugar de besos y vodkas, sobre la mesa plegable deja un vaso de plástico y un magacín que me convence de que el mundo no me pertenece, el mundo es de Tessa Tip, la nueva estrella del pop, lo dice el destello de su planchado rubio, el candor de sus ojos estrábicos, la fuerza hipnótica transformadora de voluntades infantiles, totémica energía de Tessa Pulcrísima (dama del lago, dríade del hueco del árbol, piececita de tente cada diente en su boca), el gesto impropio con el que acentúa algún momento especialmente intenso de su actuación (como si se encogiera, como si le doliera el vientre o le bajara la regla, pero, oh, dioses, ¿puede tener menstruación esta criatura?), *boy, you said so many things,* cosas como: arráncate los dientes, ponte implantes, haz mucho ejercicio, nunca fumes marihuana.

Tessa Tip: protegido por los muelles de mi butaca, me relamo con su reportaje, absorbo su serenidad a través del papel impreso, contemplo el granulado de la página y en cada poro bebo una pizca de esa hidromiel adolescente que me dulcifica, me apacigua; pero una niña me observa desde el otro lado del pasillo, me ve tomar notas en el cuaderno, revolverme como un bicho, empequeñecer con cada visita de la azafata, me vigila, ve los rizos de Tessa al pasar la página de la revista y tira de la manga de su padre. El padre se levanta y amablemente me dice ¿le importa?, y señala a la dulce Tessa con dedo de hombrecillo bueno, pero no, Tessa me pertenece, el mundo pertenece a Tessa y Tessa me pertenece a mí, no, ¡no!, le digo sacando a la luz todo mi Asperger.

El cosmos está contenido en este asiento: la mesa que sostiene en equilibrio mi ración, los auriculares y la minipantalla que me narcotizan, el cuaderno, la estampa de Tessa, la frontera del reposabrazos distinguiéndome, sitiándome. Es mi universo, mi universo conocido, mi vieja habitación trasladada a esta cápsula, todo permanece como siempre, el asiento es una metáfora, incluso las incursiones bondadosas de la azafata son una representación de aquellos que me quisieron y llamaron a la puerta y se preocuparon por mí. Por eso puedo mirar un punto fijo, clavar los ojos en él y no mover un párpado como si meditara o tuviera profundos pensamientos aunque ninguna idea me habite, ninguna sensación distinta de la soledad, ese guante de dedos oscuros que te acaricia y te convence de que todo está en su sitio, tu ración sobre la mesa, el cuaderno disponible, las ficciones, los dibujos, las miniaturas de Lecu y Magui junto al vaso de plástico, arropados por la servilleta de papel, sus narices muy juntas, qué lástima que no tengas ojos rasgados ni mamá deje el bol de arroz en la puerta, qué lástima que no recibas una etiqueta social, formes parte de ninguna estadística, preocupes de ninguna manera a los sagaces analistas del magacín, *la sociedad japonesa observa con inquietud el aumento de los llamados* hikikomori *(ひきこもり), adolescentes y jóvenes que se sienten incapaces de cumplir los roles que se esperan de ellos y se encierran durante meses o años en su habitación,* pero mira a tu alrededor, separa los ojos de ese centímetro, observa al resto del pasaje: ¿no ves en ellos la misma sustancia, la misma soledad contenida? Cada asiento, cada espacio protegido por codos y reposabrazos, ¿no es un territorio hostil, una nación enemiga, otro cosmos? Fíjate en esos dos que se aman y se acarician y quisieran esconderse en el baño, ¿no se encuentran contenidos dentro de la cápsula de sus cuerpos, no sufren y lloran y se esfuerzan por escapar de ella? Trabajan, revientan, huyen en vacaciones, compran gruesas novelas, se afilian a Médicos sin Fronteras, se suscriben a páginas de pornografía; todo para no detener el curso cotidiano de los pensamientos, siempre hacia el futuro aunque el futuro sea un nicho, un alguien que se quedará sin ti.

Por eso debes despertar a Lecu y a Magui, tirar despacio de la servilleta, mover sus piececitos con la punta del tenedor de plástico, susurrarles alguna cosa, esperar a que se desperecen y abran los ojos y se abracen y se besen como dos enamorados en una estación de tren. Entonces abrirás el cuaderno, harás clic en el bolígrafo, anotarás cada pálido murmullo del mundo que construyeron para escapar de ti.

Profanación. De vuelta en el agujero, Magui y Lecu se desmoronan al ver las suelas grabadas en las paredes, las sábanas mojadas, las revistas, las cintas de italiano, todos los librillos bulliciosos. Profanación.

Como si quisiera taparle los ojos a la criatura que transporta, Magui sujeta su barriga y llora con dos surcos silenciosos mientras Lecu se arrodilla y trata de recomponer el armario descolado. Guiados por un pálpito, los dos levantan la vista al tiempo y ven el azulejo partido, el hueco en el cemento.

No es la primera vez que el mundo se desploma sobre sus cabezas pero ahora se sienten viejos y cansados, demasiado vapuleados para el trasiego de recomponer, restaurar, sonreír, resucitar. Magui se desliza, apoya las manos y se queda muy quietecita sobre una baldosa hasta que se hace de noche; se diría que apenas respirase si no fuera por el sollozo de gatito huérfano. Durante unos minutos, Lecu se concentra en su trabajo: separa todas las piezas del armario, sopla sobre los tablones, extrae los clavos como un cirujano que sanase un cuerpo enfermo; luego lo abandona y se sienta junto a Magui. Pasa mucho, mucho tiempo. Ninguno dice nada.

El Propietario, mientras tanto, aguarda prudentemente en el banco para cerrar todas sus cuentas, compra una maleta nueva, ordena los billetes sobre la mesa del comedor, los guarda en diferentes sobres, dobla sus camisas, cierra las ventanas y las llaves de paso, baja las palancas, suspira delante del espejo del ascensor, arrastra la maleta en dirección contraria al agujero, siente miedo, un aliento detrás de él, unas botas muy cerca, una llama roja, una esfera mágicamente transportada por una dama de cuento que le señala.

El Propietario corre a la velocidad que le permiten las ruedas de la maleta, llega al cruce, llama a un taxi, al aeropuerto, dice, al aeropuerto.

En el magacín, en el reverso de Tessa Tip, reluce la cuatricromía del Sr. Alto y Locuaz, aguda entrevista de un sagaz reportero que quiere desvelar las tinieblas de la nueva Iglesia, *un millón de fieles sigue las palabras de este hombre carismático, fundador de la Comunidad Neocristiana,* piel de guardia de asalto, *la jerarquía católica observa con fascinación el ascenso del movimiento, su vitalidad creciente y su energía inagotable,* ojos orientales, ascéticos, *al principio era considerado un hereje,* un *loco con aires de telepredicador que musicaba salmos y organizaba vigilias, bautizos y ayunos*, punta de barba afilada como dedo señalador, *pero ahora nadie discute el valor que la Comunidad Neocristiana ha adquirido dentro de la Iglesia*, frente comprimida en un solo pensamiento, *los neocristianos carecen del elegante prestigio de las antiguas congregaciones, de la profundidad teológica de las órdenes religiosas y de la consistencia económica de las macroestructuras creadas por Balaguer y Marcial Maciel, pero superan en entusiasmo, convicción y demografía al resto de intrafuerzas católicas*, el cuello de la camisa duro y cerrado, *ahora los jóvenes neocristianos son el ariete y el músculo de Roma, la fuerza recobrada tras el fiasco de la Teología de la Liberación*, el cabello muy corto, *ultraconservador iluminado, actor y seductor, artista de la oratoria y hombre de circo que canta, baila, compone, escribe, pinta y fascina*: mejillas agrestes, *así es su fundador, un enigma y un icono mediático*, «*Yo fabrico familias. Yo lleno las parroquias y los seminarios, acudo con mis muchachos a recibir al Papa y le ofrezco nuestro sacrificio compartido, pero no obedezco a obispos decadentes ni a curas trasnochados*», de labrador, de marino, «*¿Cuántos hijos tenéis?*», *pregunta a los matrimonios que acuden a las parroquias seducidos por la liturgia, la música, el aroma de felicidad y entusiasmo que desprenden sus seguidores*, mandíbula de dibujo animado, «*Pocos, muy pocos*», *responde sonriendo ante cualquier cifra*, «*Jesús necesita nuevos cristianos para repoblar el mundo y nosotros debemos proporcionárselos, ¿hay algo más hermoso que servir a*

Jesús?, ¿algo más hermoso que ofrecerle la sangre de nuestra sangre a quien derramó la suya por nosotros?», las manos alisan el doblez de la americana, *«Las leyes de los gobiernos laicos rompen la familia»*, se eriza sobre los pies como un muñeco articulado, *«¡Y a eso le llaman progreso!»*, los ojos clavados como hachas en su interlocutor, *«Homosexualidad, pornografía, divorcio, anticonceptivos, eutanasia y jesuitas, ¡hace falta estar ciego, tener raspaduras de vidrio metidas en los ojos para no ver que el reino de Dios peligra en manos de esos gobernantes necios! En los países nórdicos los chavales se suicidan a los veinte años, hartos de familias rotas y vidas vacías, devorados por su propio agnosticismo»*, soltero y célibe *«Nuestros jóvenes neocristianos no fornican, no se drogan, no se sienten solos, ¡no se suicidan!*, mayoral del rebaño, visionario, *porque saben que cumplen un cometido, saben que han sido elegidos para reevangelizar Occidente»* pero no sacerdote *«Oriente se islamiza y aprovecha el flanco abierto por el escepticismo cultural para destilar su jugo en Europa»* ni seglar, *«Si trescientos mil muchachos se reúnen en una plaza para rezar y defender la familia y plantar cara a los gobiernos laicos, si eso ocurre es porque aún late la esperanza»* la nariz en busca de la lente del fotógrafo, *«Primero hay que reevangelizar a los cristianos durmientes, los que recibieron a Cristo con flojera y ahora necesitan el estímulo de la nueva carne, el nuevo compromiso»*, la expresión arbolada, *«Después llegará el tiempo de los demás»*, la serenidad fingida, *«Yo no quiero convencerte de nada»*, la humildad, *«Si no crees en Jesús nada puedo hacer por ti»*, la certidumbre, «*Cuando descubras a Jesús comprenderás el valor del compromiso*», los ojos ascéticos tensos como un arco, «*Todo es Jesús*», la punta afilada de la barba que advierte «*Fuera está el mundo*» del error de la derrota, «*Y el mundo es perverso*». Desde su página impar, Tessa observa al fundador con ojos de enamorada, porque Tessa está enamorada de cada criatura que puebla el planeta, a Tessa el mundo le parece un lugar bello y algodonoso donde sus rizos dorados se deslizan como una cascada, Tessa no sabe nada de arrepentimiento ni de palabra indebida, porque en Tessamundo todo es verde y de purpurina, su primer disco ha sido un éxito.

Mientras el boeing cabecea hacia Bangkok, yo sostengo el magacín como un objeto mágico que me ofrece la respuesta a cada enigma: el universo es un mecanismo frágil y fabuloso que condensa en una sola partícula la plastilina de Tessa y el sulfuro del Sr. Alto y Locuaz. Digiero esa enseñanza como un aprendiz oriental y comprendo la complicada armonía. El aparato se mece durante el largo descenso hasta la pista, el cuaderno desoye mis pensamientos delicados, se abre con vida propia, me toma de las solapas y me obliga a escribir cosas repugnantes:

Encontraron una. La casa del Propietario ni siquiera tuvo tiempo de humedecerse, de encastrarse en la soledad y convertirse en uno de esos lugares deshabitados y crujientes que todos los narradores desean para comenzar sus historias diciendo «el polvo cubría los muebles del apartamento como una fina membrana». No, al día siguiente ya se abrieron las llaves de paso, se subieron los fusibles y se invadieron las habitaciones, y al poco tiempo había flores en un jarrón, olía a tortilla en la cocina y a crema suavizante en el baño. No imaginaba el Propietario que Magui y Lecu saldrían pronto de su conmoción, treparían fuera del agujero, comenzarían a llamar a todas las casas de la calle hasta que encontraron una desocupada. Las garras de Logan jugaron con la cerradura, los dos se colaron muy serios y serenos como si hubieran hecho eso muchas veces, inspeccionaron las habitaciones, buscaron comida y ropa, comprobaron que el agua corría en los grifos, sonrieron, se hicieron un hueco en la cama grande donde el Narrador nunca había dormido porque aún sentía la presencia fantasmagórica de su mamá aprensiva, y aquella misma noche ejercitaron allí sus primeras prácticas de exploración y submarinismo mientras el avión del paralelo 20 ni siquiera había despegado y el Orco Rotundo olvidaba lanzar dentro de la bodega la maleta nueva del Propietario, que quedaba en el hangar como un niño al que nadie viene a recoger con su interior de camisas dobladas, libros, mapas, un diccionario, algunos sobres con dinero, te asustaba llevar encima todo eso, Narrador-Propietario, ¿quién guarda dinero en una maleta?, aparece en el primer capítulo de *Consejos útiles para el viajero novato,* incluso alguien como tú debería saber eso, alguien que ha pasado media vida detrás de la cáscara del miedo.

No importa, ten confianza, dibuja esto: en el rompiente de Kalim se volatilizarán todos los mundos, Mundo-lecu,

Tessamundo, Neocosmos, Maguiverso, todos. No habrá más azafatas ni agentes de policía ni maletas perdidas ni siemprencendidas diciendo lo debido ni azulejos llamándote a gritos ni cuadernos exigiéndote. Pasarán los años con dulzura, el estómago adiposo se desprenderá de ti, de la calvicie brotarán mechones californianos, te casarás con una jovencita de piel de cuero, tendréis hijos, seréis felices, jugaréis al *mahjong* sobre la tarima de la cabaña. El mar seguirá ocupando el lugar del mar. La roca donde la roca, cada cosa en su sitio, el pasaporte escondido en una vara de bambú, el mar moliendo muy frío la roca, las yemas de tus dedos percibiendo la trashumancia mágica del plancton, la migración invisible de los pensamientos, como versos esculpidos en el *mihrab* en el que rezan los hombrecitos que te odian y conspiran para arrancarte los testículos y dárselos de merienda a los perros; primero la disidencia rebelde en la selva; luego el entusiasmo de las arengas en las mezquitas clandestinas; pronto la furia contra las corporaciones occidentales, el contagio de la doctrina, la represión y la exhibición de los mártires, los atentados terribles, el ataque a las embajadas, el cierre de la frontera, ya no quedan antros ni chicas en Pitbong, el Gobierno recomienda a todos los extranjeros que salgan del país pero al rompiente de Kalim no llegan los avisos ni los periódicos ni las patrullas sino el enredo de algas que la tormenta arroja, el rastro de las tortugas en la arena durante el desove; no hay estampidas ni saqueos en el arrecife sino marejadas y migración microscópica, eufonía, ciclo; ni la mujercita de la piel de cuero ni tú sabéis nada de esos hombres que gritan y ensucian la tarima con sus botas, os arrastran por la espesura, os arrojan sobre las rodadas de sus coches. Antes de que tus pulmones revienten como neumáticos ves el bullicio de pequeñas manos y pequeños pies que tus hijos forman en la presa de alguno de ellos.

Sin ti, cada cosa seguirá en su sitio. El mar en el lugar del mar, la roca donde la roca, la mesa bien ordenada, tu cuaderno abierto y esponjoso: el Sr. Alto y Locuaz declamando versículos, engrandeciéndose en las fotografías; la Sra. Amable Dos murmurando el salmo sin convicción, desgarrada por el diente de la culpa; el Hombre del Cráneo Enroscado cautivo en la granja, reprendido por la Mujer con Cara de Niña cada vez que olvida tomar una de sus píldoras; la Mujer del Vestido Recatado, invisible y dócil, pintando pastorcitos de escayola, azul para los ojos, amarillo para el pelo; la mamá de Magui abrazada al tronco de baobab que el torrente no desgarra; Magui y Lecu, bellos y turbios, inmóviles en la parada del autobús radial, el olor a detrito arrugando sus narices; y en el banco de plástico, con un gato mugroso sobre las rodillas,

toda asombro
vida ojos
amor manos
alegría
canta y juega
ríe ríe
una niña una
niña

que a veces se despierta y siente miedo y desciende de su camita y camina a ciegas y llega a la habitación donde los rizos (los de ella) se enroscan en los dedos (los de él), y en la curva del cuello (el de ella) busca acomodo una nariz (la de él), y los dos se aman y respiran y arrullan, y la niña se acurruca en la cesta, y el gato duerme fuera de casa.

Este libro se acabó de imprimir
en el mes de septiembre de 2011
en Salamanca